光文社文庫

文庫書下ろし／長編時代小説

女の陥《かん》穽《せい》

御広敷用人　大奥記録㈠

上田秀人

光　文　社

この作品は光文社文庫のために書下ろされました。

目次

御広敷略図

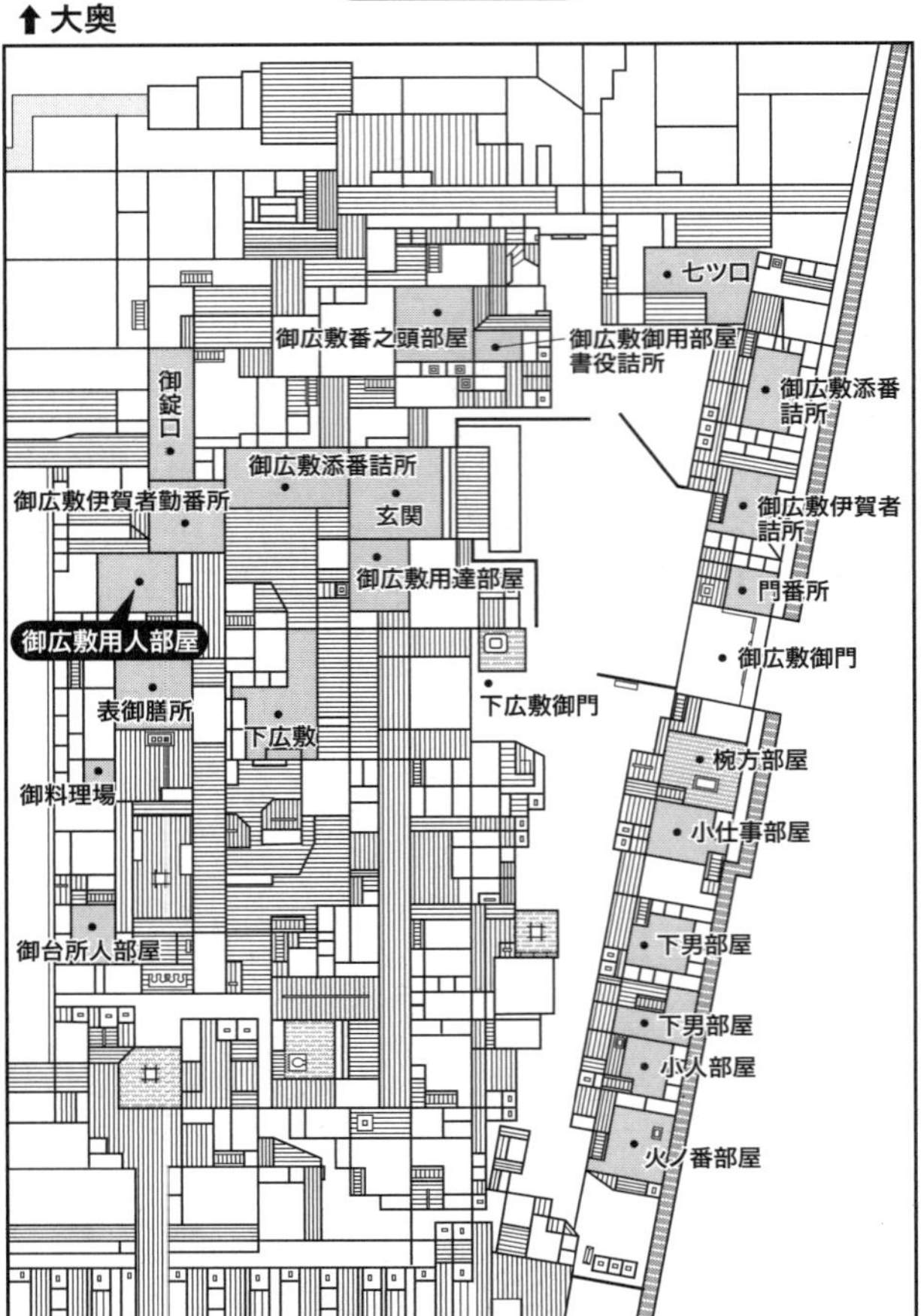

↑大奥
七ツ口
御広敷番之頭部屋
御広敷御用部屋
書役詰所
御錠口
御広敷添番
詰所
御広敷添番詰所
御広敷伊賀者勤番所
玄関
御広敷伊賀者
詰所
御広敷用達部屋
門番所
御広敷用人部屋
御広敷御門
表御膳所
下広敷
下広敷御門
椀方部屋
御料理場
小仕事部屋
御台所人部屋
下男部屋
下男部屋
小人部屋
火ノ番部屋

御広敷役人の職制図

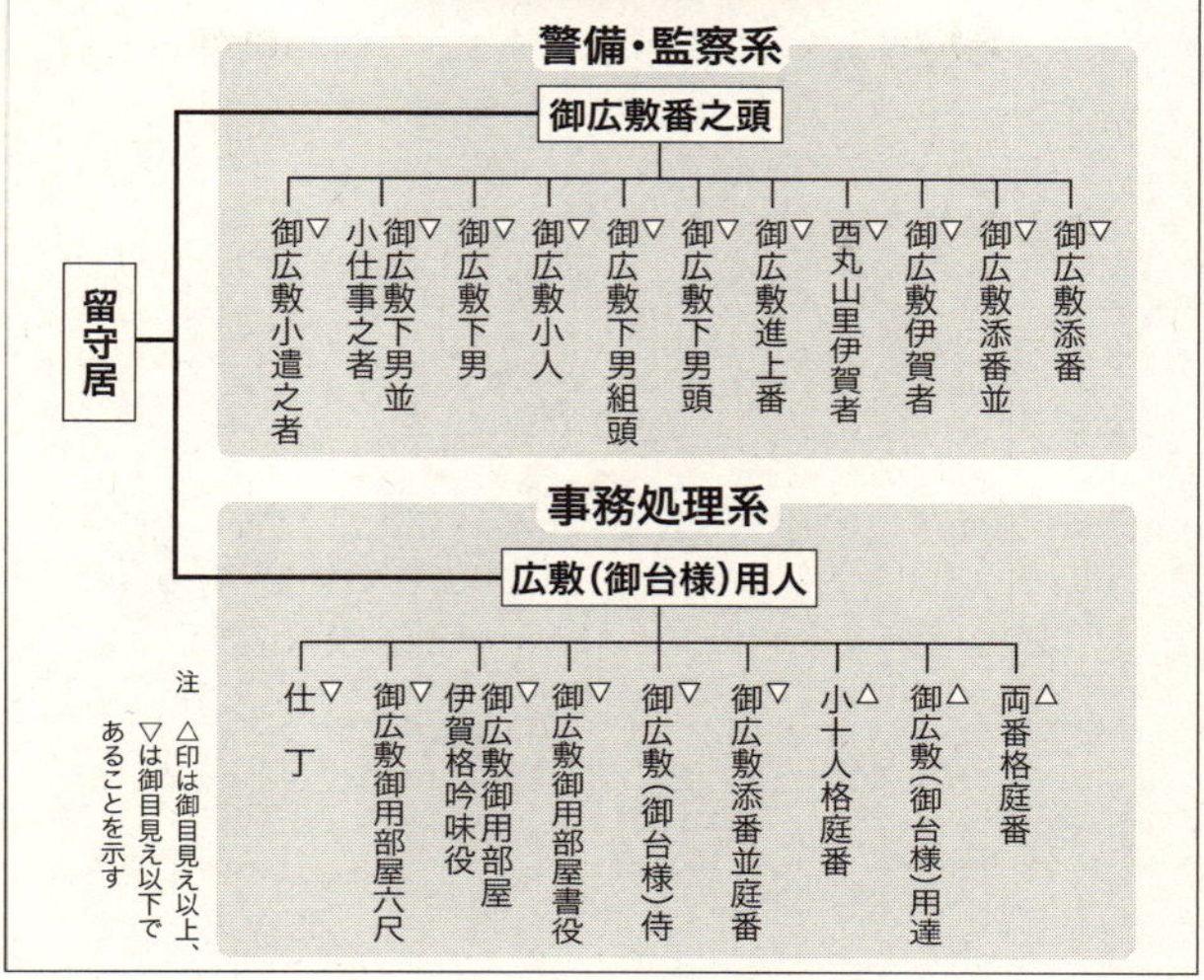
警備・監察系
留守居
御広敷番之頭
▽御広敷添番
▽御広敷添番並
▽御広敷伊賀者
▽西丸山里伊賀者
▽御広敷進上番
▽御広敷下男頭
▽御広敷下男組頭
▽御広敷小人
▽御広敷下男
▽御広敷下男並小仕事之者
▽御広敷小遣之者
事務処理系
広敷(御台様)用人
△両番格庭番
△御広敷(御台様)用達
△小十人格庭番
▽御広敷添番並庭番
▽御広敷(御台様)侍
▽御広敷御用部屋書役
▽御広敷御用部屋伊賀格吟味役
▽御広敷御用部屋六尺
▽仕丁
注 △印は御目見え以上、▽は御目見え以下であることを示す

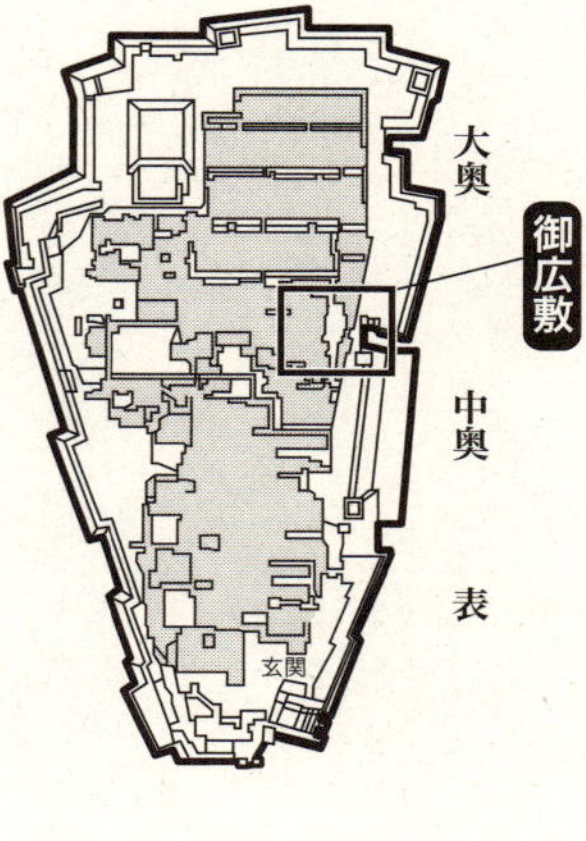
大奥
御広敷
中奥
表
玄関

序章

享保《きょうほう》元年（一七一六）八月十三日、江戸城に勅使《ちょくし》が登城した。

「徳川《とくがわ》権中納言《ごんのちゅうなごん》吉宗《よしむね》、格別の思《おぼ》し召《め》しをもって正二位権大納言に叙《じょ》する」

勅使徳大寺《とくだいじ》権大納言公全《きんとも》が、述べた。

「謹《つつし》んでお受けいたしまする」

徳川吉宗が平伏《へいふく》した。

「祝着至極《しゅうちゃくしごく》」

徳大寺公全が、席を立って黒書院《くろしょいん》を出て行った。

「権大納言さま」

それを待って、黒書院の隅で控えていた従三位《じゅさんい》高倉永福《たかくらえいふく》が、吉宗へ声をかけた。

「束帯《そくたい》の検《あらた》めをさせていただきまする。立位《りつい》を願いましょう」

高倉永福が、吉宗を立たせた。

藤原北家《ふじわらほっけ》の流れを汲む高倉家は、衣紋道《えもんどう》を稼業としている。永福は吉宗の束帯に乱れがないかどうかを確認した。

「けっこうでございましょう」

「では、お座りを」

退いた永福に代わって、陰陽師《おんみょうじ》土御門《つちみかど》泰連《やすつら》が進み出た。

「頭をお垂《た》れくださいますよう」

「…………」

無言で首を傾けた吉宗の上に、土御門流の祓《はら》いがかけられた。

「よろしゅうございまする」

式を終えて土御門泰連と高倉永福が黒書院を後にした。

「上様」

黒書院の襖外に控えていた加納久通《かのうひさみち》が、吉宗の側へ寄った。加納久通は吉宗が、紀州《きしゅう》から連れてきた数少ない家臣の一人であった。吉宗がまだ紀州藩主であったところから仕えていた。

「馬鹿らしいにもほどがある」

吉宗が吐き捨てた。

「将軍へ補《ほ》するに、身分が足らぬと将軍宣下《せんげ》当日、権大納言とするなど、泥縄《どろなわ》ではないか。余が将軍と決まってからどれほどあった」

七代将軍家継《いえつぐ》に跡継ぎがなかったため、吉宗が、急遽《きゅうきょ》紀州藩主から将軍世子《せいし》となったのは、四月三十日のことだ。今日まで三カ月半ほどあった。その間、朝廷からは打ち合わせの使者さえこなかった。

「ご不満は、お心うちに。おめでたい日でございますれば」

加納久通が諌《いさ》めた。

「わかっておる」

不機嫌な表情のまま、吉宗が立ちあがった。

「さて、将軍となりに行くぞ」

「はい」

吉宗は白書院《しろしょいん》へと移った。

白書院で御三家《ごさんけ》、溜《たまり》の間《ま》詰め大名らの祝辞を受けた吉宗は、そのまま大広間へ出向いた。

大広間は、江戸城でもっとも大きい。上段、中段、下段、襖外などからなる。

吉宗は上段の中央へ腰を下ろした。

御三家でさえ、中段の西襖際に控えるなか、将軍宣下の儀式が始まった。

まず勅使徳大寺公全、庭田参議重条《にわたさんぎしげえだ》が、大広間の中央を通って上段の間へ近づき、吉宗へ向かって将軍宣下の詔《みことのり》が発せられたと告げ、中段左へと移動した。

続いて法皇使、女院使が同じように吉宗へ声をかけ。中段右に座った。

「ご昇進、ご昇進」

大広間外廊下で告使《こくし》山科正量が叫んだ。

本来は庭から声をかけるのだが、雨のため廊下でおこなわれた。

これを合図に官方副使青木行篤《かんほうふくしあおきゆきあつ》の手から、高家《こうけ》を経て、宣旨《せんじ》が吉宗のもとへと渡された。箱は全部で六つあった。

「……………」

次々に無言で内容を読んだ吉宗が、宣旨を若年寄大久保長門守教寛《わかどしよりおおくぼながとのかみのりひろ》へと渡した。

大久保長門守が、宣旨を真新しい三宝《さんぼう》の上へ置き、入っていた箱を奏者番松平《そうしゃばんまつだいら》筑前守近禎《ちくぜんのかみちかよし》へ渡した。

受け取った松平筑前守が征夷大将軍の就任を記した宣旨の空き箱に砂金の入った皮袋を二つ入れ、その他五つには一袋ずつ詰めて、左大史壬生章弘《さだいしみぶあきひろ》へ返した。

これで吉宗は征夷大将軍、右近衛大将《うこんえのだいしょう》、右馬寮御監、淳和奨学両院別当《じゅんなしょうがくりょういんべっとう》、源《げん》氏《じ》の長者となった。

間をおかず、大外記押小路師英《だいげきおしこうじもろひで》が、先ほどと同じ箱を五つ取り出した。箱は同じ手順を踏んで吉宗に届けられた。

「……………」

やはり変わらぬ応対で吉宗は宣旨を読み、大久保長門守へと回した。大久保長門守も判で押したように変わらぬ対応をした。空箱には、砂金が一袋入れられ、大外記押小路師英へと戻された。

二度目の宣旨には、右近衛大将はそのままで、さらに吉宗を内大臣へと進め、随《ずい》身《じん》、兵仗《ひょうじょう》を賜り、牛車《ぎっしゃ》の使用を許す旨が記されていた。代々の将軍が内大臣となるのは、初代徳川家康の故事に倣ったからであり、征夷大将軍叙任の後というのは、朝廷側の武は文よりも低いとの意志であった。

一度の宣旨ですまなかったのは、源氏の長者に任じられてからでないと牛車の使用が認められないという先例からであった。

といったところで、そのじつは、表だっての賄賂である砂金の袋を多くもらうために、公家たちが考えた手段でしかなかった。砂金は一袋が十両になる。都合百二十両が公家たちへ撒かれたことになった。

「つつがなく」

勅使徳大寺公全が、一礼して将軍宣下は終わった。

「ようやくこれで、将軍となった」

将軍の居室であるお休息の間へ帰った吉宗が小さく笑った。

「心よりお慶《よろこ》びを申しあげまする」

ついてきた加納久通が祝意を述べた。

「祝を言うのはまだ早いぞ。これから余の戦いは始まるのだ。今までは、小手調べよ。敵は尾張《おわり》や館林《たてばやし》のような小さなものではない」

吉宗が言葉を切った。

「幕府を、徳川家を食いものにしてきた譜代《ふだい》の大名たち、そして大奥《おおおく》。歴代の将軍たちが膝を屈してきたものへ、余は刀を振るう。徳川千年のためにな」

重い声で吉宗が宣した。

第一章　将軍の座

一

　享保元年（一七一六）八月十三日、将軍宣下を受けた八代将軍徳川吉宗はさっそく幕政改革へと乗り出した。

　一つは、お側御用取次《そばごようとりつぎ》とお庭番《にわばん》の創設であった。

　お側御用取次は、将軍との目通《めどお》りを差配《さはい》する。老中《ろうじゅう》であろうともその許可なく吉宗に会うことはできなくなった。またお庭番は、老中たちの支配下となってしまった幕府隠密《おんみつ》の伊賀組《いがぐみ》の代わりに、将軍直属の探索方《たんさくがた》としておかれた。ともに紀州から連れてきた側近をあてた吉宗は、止《とど》まることなくもう一つの手を打った。

　幼かった七代将軍徳川家継を補佐するという名目で、幕政を壟断《ろうだん》していた執政《しっせい》たちの動きを牽制《けんせい》した吉宗は、ようやく大奥へと足を踏み入れた。

「ようこそ、おいでくださいました。上様《うえさま》」

新しい将軍を迎えるため、大奥では筆頭上臈《じょうろう》以下お目見《めみ》えできるすべての女中たちが、御座《ござ》の間《ま》で平伏《へいふく》した。

「うむ」

鷹揚《おうよう》にうなずいて吉宗が、一同を睥睨《へいげい》した。

将軍が大奥女中たちへ目通りを許す大奥御座の間は、上段、下段からなる。

吉宗の座している上段の間には上臈と年寄役《としよりやく》が、中臈《ちゅうろう》以下は下段の間に並んだ。

もちろん、それで入りきれるはずもなく、廊下をこえて女たちがひしめき合っていた。

「この度《たび》の将軍ご宣下のこと、大奥を代表してお慶び申しあげまする」

口上《こうじょう》を述べたのは大奥筆頭上臈の姉小路《あねこうじ》であった。姉小路は近衛《このえ》関白《かんぱく》基凞《もとひろ》の娘照姫《てるひめ》が六代将軍家宣《いえのぶ》の正室として入府《にゅうふ》したときに付き従ってきた公家《くげ》の娘である。家宣の死後落飾《うくしょく》し天英院《てんえいいん》となった照姫の名代《みようだい》として、この場を仕切っていた。

「ずいぶんと大奥は派手やかであるの」

百をこえる女が集まっているのだ。衣服の色彩、焚《た》き込めた香《こう》の匂《にお》いが、この場でただ一人の男である吉宗を圧していた。

「花畑《はなばたけ》のなかにおるようじゃ」

「お褒《ほ》めにあずかり、恐悦至極《きょうえつしごく》に存じまする」

硬い表情のまま姉小路が礼を言った。

「姉小路と申したな」

「はい」

声をかけられた姉小路が、首肯《しゅこう》した。

「自薦他薦《じせんたせん》は問わぬ。見目麗《みめうるわ》しい女の名前を幾人でも構わぬ。名を記して躬《み》のもとへ届けよ」

「見目麗しき女を書き出せとのご諚《じょう》でございまするか。承知いたしましてございまする。ただ、なにぶんにも大奥には、多くの女中どもがおりまする。今すぐと仰《おお》せられましても、難しゅうございまする。あと、身分はいかがいたしましょうや。お目見えできぬ端女《はしため》どもまで含めまするか」

「一月《ひとつき》もかかっては困るが、多少の日時はやむを得まい。あと、身分だが、一応目見え以上とする。それでも足らぬ場合は、末《すえ》の女中まで範囲を拡《ひろ》げるやも知れぬがな」

姉小路の問いに、吉宗が答えた。

「そのようなこと決してございませぬ。目通りさえかなわぬ下賤《げせん》の者どもなど、ものの数にも入りませせぬ」

胸を張って姉小路が否定した。

「任せる」

うなずいた吉宗が腰をあげた。

「今宵《こよい》は、どなたかご側室《そくしつ》方のもとへは……」

「まだやることが残っておる」

姉小路が驚いた。

「お忙しいこととは存じまするが、大奥へお入りいただいて、一夜もお過ごしいただかなかったとあれば、恥となりまする。天英院さまも上様と夕餉《ゆうげ》をともになされるのを楽しみにお待ちでございまする」

「せっかくのお誘いだが、多用である。天英院どのには、また後日と伝えてくれるように」

吉宗が拒《こば》んだ。

「先々代上様の御台所《みだいどころ》さまのお誘いを断ると」

すっと姉小路の目が細められた。

大奥の主《あるじ》は将軍ではなかった、大奥は御台所を頂点とする女の城であり、将軍はその客でしかなかった。表で数百、数千の家臣に傅《かしず》かれている将軍といえども、大奥には単身でなければ入ることが許されない。これは三代将軍の乳母春日局《めのとかすがのつぼね》が大奥を作りあげたときから続いている伝統であった。七百をこえる女のなかに男が一人。まさに孤軍であった。

「どなたの誘いであろうが、躬に寸刻《すんこく》の余裕もない」

脅すような姉小路の態度にも、吉宗はひるまなかった。

「では、月光院《げっこういん》さまのお誘いも一度はお断りなされましょうな」

姉小路が訊《き》いた。

「それはわかるまい。前もって報《しら》せがあり、躬のつごうと合えば、断る理由はなかろう」

冷たい笑いを吉宗は浮かべた。

「なっ……」

「月光院どのは、先の上様の母、いわば吾の祖母。躬を招くに不足はない。また、応じるのも不思議ではあるまい」

呆然《ぼうぜん》とする姉小路へ、吉宗が告げた。

「将軍継嗣《けいし》のおりの恨みを……」

悔しそうに姉小路が言った。

「それほど気にはしておらぬが、やはり当初からの味方と、途中で旗を変えた者に差をつけるのは当然であろう」

吉宗が述べた。

天英院と吉宗の間には確執《かくしつ》があった。

正徳《しょうとく》六年（一七一六）四月、七代将軍家継が危篤《きとく》となった。宝永《ほうえい》六年（一七〇九）生まれで、まだ八歳になったばかりの家継に跡継ぎはいなかった。誰を八代将軍にするかで、幕府は紛糾《ふんきゅう》した。

当時八代将軍の座につくことができる者は、四名いた。御三家である尾張《おわり》、紀伊、水戸《みと》の当主と、家宣の弟で館林五万四千石《ごく》の藩主松平清武《きよたけ》であった。

天英院はもっとも家宣に血筋の近い清武こそ、八代将軍を継ぐにふさわしいと御用部屋へ発案した。

先々代将軍の正室だった天英院の意見は大きい。御用部屋も一度は松平清武を八代将軍に、となりかけた。それを阻止したのが月光院と家宣の側用人《そばようにん》として権力を振るった間部越前守詮房《まなべえちぜんのかみあきふさ》であった。

ともに家宣の寵愛《ちょうあい》を受けた天英院と月光院だったが、その仲は仇敵《きゅうてき》のごとくであった。

本来ならば、大奥の主人である御台所の天英院が上位であり、奉公人に過ぎない月光院は、一歩も二歩も引かなければならない。

その立場の逆転が起こった。天英院の夫である家宣が死んだのだ。夫を失ってしまえば、御台所ではなくなる。照姫は落飾して、天英院となり、形だけとはいえ出家した。

もちろん、側室の喜世《きよ》の方も髪を切り、月光院となった。

落髪した側室たちは大奥を出て、桜田《さくらだ》などの御用屋敷へ移り、生涯を亡くなった将軍の菩提《ぼだい》を弔《とむら》うことに捧《ささ》げる。だが、月光院は大奥へ残った。月光院の産んだ男子が七代将軍となったからであった。

御台所をもたない幼い将軍の大奥において、最大の権力者は将軍生母である。将軍生母になった月光院は、六代将軍家宣から七代将軍家継の傅育《ふいく》を任された側用人間部越前守詮房と組んで、幕政に大きな影響を行使した。

しかし、新参者と身分軽き出である将軍生母の専横《せんおう》は、譜代《ふだい》大名たちの反発を招き、七代将軍家継の末期《まつご》が近づくにつれて、天英院へと人心は大きく傾いた。

当然、八代将軍は大奥以外から迎えることになる。その選定で、天英院と月光院は対立した。

八代将軍を己《おのれ》の推薦した人物にすることで、天英院は復権を狙《ねら》い、月光院は今の権を維持しようとした。

そして天英院は六代将軍家宣の弟松平清武を推《お》し、月光院は紀州徳川藩主頼方《よりまさ》、後の吉宗を選んだ。

松平右近将監《うこんしょうげん》清武、徳川権中納言頼方、どちらにも理はあった。松平清武は、六代将軍家宣の弟という血統の近さが、徳川頼方は家康《いえやす》の曾孫《ひまご》という血筋の正しさがあった。

幼い家継の命旦夕《めいたんせき》に迫《せま》るなか、御用部屋は二人の候補者の間で揺れた。

己の推す人物が将軍となれば、次代の権も確保できる。ぎゃくに、違う人物を選んでしまえば、執政の地位を追われ、転封《てんぽう》、減禄《げんろく》などの憂き目に遭う。

天英院に近づいた老中たちだったが、最後で迷った。いや、選択する責任から逃げた。

老中たちは、御三家の一つ水戸徳川綱條《つなえだ》へ、選定を丸投げした。

徳川綱條は、老齢であるのを理由に、将軍継嗣から外れる旨《むね》を早くから宣していた。家柄からも経験からも、八代将軍を選定するにもっとも適した人物であった。御三家筆頭の尾張も、当主が三代にわたって早死にしたこともあり、将軍継嗣を辞退した。八代将軍の候補は館林松平清武、紀州徳川頼方の二人に絞られた。結果は早々に出た。いや、出さなければならなかった。家継が死ぬまでに世継ぎを立てなければならないからである。

「紀州徳川権中納言頼方卿《きょう》こそ、八代さまを継がれるにふさわしい」

綱條の選定は御用部屋を震撼《しんかん》させた。

「理由を……」

「簡単なことである。松平右近将監どのは、一度家臣の家へ養子に出ておる。他姓を継いだ者に徳川の名乗りを許さず。これは神君《しんくん》家康さまのお決めになられた不文《ふぶん》律《りつ》である」

淡々と綱條が述べた。

神君と讃《たた》えられる家康は、嫡男《ちゃくなん》信康《のぶやす》亡きあと、跡継ぎに三男秀忠《ひでただ》を指名した。次男秀康《ひでやす》が飛ばされたのは、一度徳川家を出て、結城《ゆうき》家を継いでいたからであった。

「右近将監どのは、かつて館林家の家臣越智《おち》の家へ養子に出され、越智姓を称していた」

綱條が続けた。

綱重《つなしげ》の次男として生まれた清武は、母の身分が低かったこともあり、子として認められず、預けられた家臣越智家の子供として育てられた。後、兄の家宣が将軍となったおかげで、松平姓を許され、館林の城と領地を与えられて大名に列していた。

「し、しかし、右近将監どのは、秀忠さまの血統でござるぞ。分家となった紀州とは格が違いましょう」

老中の一人が抗《あらが》った。

「それはなにか、水戸徳川家の当主である余を侮辱《ぶじょく》しておるのか」

厳しい目で綱條がにらみつけた。

綱條は、水戸家の直系ではなかった。二代目光圀《みつくに》によって水戸の分家高松《たかまつ》松平から、養子に迎えられ、藩主の座を継いでいた。

「そのようなことは……」

あわてて老中が否定した。

「なにより右近将監どののよろしくないのは、一時とはいえ、館林家の家臣となっておることじゃ。館林の家臣、すなわち陪臣《ばいしん》である。陪臣を将軍にするなど、秩序を崩すもとである。右近将監どのを将軍として、そなたたちは、その命に従えるか。藩を潰《つぶ》すと言われて従えるか。従えまい」

「……たしかに」

老中が納得した。

直臣《じきしん》と陪臣の壁は厚い。御用部屋は、松平清武をあきらめた。

こうして頼方は、はるか歳下《としした》の家継の養子となり、その死後将軍になれた。

「躬は天英院どのをどうこうする気はない」

形だけとはいえ、天英院は吉宗の祖母に当たるのだ。長幼を重んじる幕府において、おろそかにできる相手ではなかった。

「だが、将軍は多忙。つごうが合わねば、会うことも難しいのは了承していただくしかないな」

「…………」

冷たく言い切る吉宗に姉小路が沈黙した。

「では、先ほどの件、遅滞《ちたい》なくの」

用件だけをふたたび命じて、吉宗は大奥を後にした。

姉小路の報告を受けて、天英院が苦く頰《ほお》をゆがめた。

「湯女風情《ゆなふぜい》の子供が、なにさまのつもりじゃ」

天英院が吐き捨てた。

湯女とは、法で禁じられている隠し遊女のことである。表向きは湯屋の垢搔《あかか》き女であるが、金次第で客と寝た。

もちろん、吉宗の母が湯女であるはずはなかった。天英院は吉宗の母が、紀州徳川家二代当主光貞《みつさだ》の湯殿《ゆどの》係をしていたときに手がついたことを皮肉ったのであった。

「ですが、天英院さま、今の吉宗は将軍でございまする」

「忌々《いまいま》しいことじゃ」

天英院は、嫌気《いやけ》を隠さなかった。

「ご辛抱《しんぼう》を願いまする。なにより、吉宗を抑える手立てができましたゆえ」

得意げに姉小路が言った。

「どうしたのだ」

「吉宗が、大奥で美しき者の名前を書き出せと」

「美しき女とな。それは……」

姉小路の言葉に天英院が小さく笑った。

「男というものはどうしようもないものじゃの。将軍となった途端に美女あさりか」

「まこと、浅ましき者でございまする」

大きく姉小路も首肯した。

「紀州あたりの田舎《いなか》では、目にすることもないほどの女を用意してやれ」

「吉宗を骨抜きにいたすのでございますな」

姉小路が笑った。

「閨《ねや》での主人は、男ではない。女なのだ。それは大奥も同じ。大奥では女に従うものだと吉宗に、身をもって教えてやるがいい」

「お任せくださいませ」

天英院の命を、姉小路が請《う》けた。

大奥には、雑用をこなす御末《おすえ》という下《しも》の女中までふくめて、およそ七百人がいた。そのうち将軍へ目通りのできる身分は、二百人ほどであった。

将軍のお手つきになる。

それは大奥に住むすべての女の願いである。吾《あ》が身の栄達《えいたつ》はもとより、実家も出世する。もし、男子でも産めば、お腹《はら》さまとなり、大きな権力を持てる。もし、その子が九代将軍になれば、将軍生母として、大奥に君臨《くんりん》できるのだ。

女たちが騒ぐのも当然であった。自薦他薦ともにすさまじく、姉小路は選定に苦労した。


「お待たせをいたしました。大奥を代表する見目麗しき者たちでございまする」

大奥女坊主《おんなぼうず》をつうじて、吉宗を姉小路が呼び出した。大奥の女坊主は、お伽《とぎ》坊主とも言われ、表の御殿《ごてん》坊主と同じく、どこにでも出入りすることが許されていた。

「見せてもらおうか」

自信満々に言う姉小路へ、吉宗が手を出した。

「ご覧を」

姉小路が一冊の本に近い書付《かきつけ》を差し出した。

「…………」

ざっと吉宗が目をとおした。女の名前、身分、親元、そして主な容貌《ようぼう》の特徴がそこには書かれていた。

「総勢何名であるか」

吉宗が書付を下に置いた。

「五十名にございまする」

「そうか。では、この者どもに暇《ひま》を取らせよ」

「えっ」

言われた姉小路が唖然《あぜん》とした。

「この者たちに、お庭拝見を許すのではございませぬので」

姉小路が確認した。

お庭拝見とは、将軍が新たに側室を求めるとき、おこなわれる行事である。大奥の庭が見える座敷に将軍が陣取り、側室になろうとする女たちが散策してくるのを見る。そこで気に入れば、名前を訊くなり、その夜の伽《とぎ》を命じる。もちろん、大奥の廊下などで見そめて、手を出す場合もあるが、多くの側室は、お庭拝見によって、見いだされた。美しい女をと言われて、お庭拝見だと思わない大奥女中などいなかった。

「聞こえなかったのか。躬は、この者どもへ、暇を遣《つか》わすと申した」

「そ、そんな……」

まだ姉小路は混乱から立ち直っていなかった。

「見目麗しい者ばかりであろう」

「さ、さようでございまする。大奥でも指折りの者どもでございまする」

「ならば、大奥を追い出されても困るまい」

「仰せの意味がわかりませぬ」

姉小路が首を振った。

「美しい女ならば、すぐに嫁のもらい手があろう。大奥を出され、実家に帰ったとしても、身の処《しょ》しかたに困ることはあるまい」

「……上様」

皮肉げに言う吉宗へ、気を取り直した姉小路が強い目を向けた。

「大奥に手を入れられるか」

「表が倹約するのだ。大奥も当然である。政《まつりごと》にかかわる人を減らすことは、些細《ささい》なところまで気が回らなくなるが、大奥ならば問題ない。御台所のいない大奥に、それほどの人はいるまい。それこそ、側室一人に数名も女中がつけばすむ。人が減れば、手当も要《い》らなくなる。米も落とし紙も量が減る。一年でどれだけの金額になるか、考えてみるがいい」

吉宗が告げた。

「表は大奥に手出しをなさらぬのが、決まりでございましょう」

姉小路が吉宗へ食ってかかった。

「大奥が表に手を出したのにか。八代将軍を決めるのは表の仕事。口出しをしたのは、そちらである」

「…………」

言いこめられて姉小路が黙った。

「一カ月の猶予《ゆうよ》をくれてやる」

「もし、従わなければ……」

姉小路が、低い声で問うた。

「大奥の人減らしはすでに決定している。その者たちが、大奥を去らねば、別の女たちを放逐《ほうちく》するだけよ。そう、女どもへ命を伝えきれなかった役立たずの上臈とかをな。上臈一人の掛かりは、女中何人分かにあたる。かえって良いかも知れぬな」

「な、なにを」

「日限は来月の十日。それまでに五十名を減らせていなければ、そなたを京へ帰す。しかと申しつけたぞ」

言いつけて吉宗が、立ちあがった。

「あと、人を減らさなくとも、翌月より大奥の掛かりは減額する。人を残したまま

「では、喰《く》うにも困ることになろうな」

吉宗が表へと帰っていった。

二

肩を落とした姉小路が、天英院の局《つぼね》へと報告に戻った。

御台所はもとより、大奥女中でも高位の者へは局が与えられた。局は身分によって広さに差があるが、居室、化粧《けわい》部屋、付き添いの女中たちの部屋の他に台所や納《なん》戸《ど》、厠《かわや》などもそろった屋敷のようなものであった。

「どうした」

姉小路の顔色を見た天英院が訊いた。

「お方《かた》さま……」

崩れるように姉小路が膝《ひざ》をついた。

「なにがあった」

「上様に……吉宗に謀《たばか》られましてございまする」

姉小路がうつむいた。

「詳しく話せ」

「さきほど……」

吉宗とのやりとりを姉小路が話した。

「……おのれ」

聞いた天英院が、呪詛《じゅそ》の声を漏らした。

「五十名もの女を放逐すると申しおったか。春日局さま以来、大奥に表は不可侵であったはず。そのしきたりをなんと心得《こころえ》るか」

「吉宗が気にするはずもございませぬ」

「拒《こば》めばすむことであろう」

天英院が言った。

「拒もうとも、大奥への掛かりは来月から減らすと」

「馬鹿な……」

姉小路の言葉に、天英院が呻《うめ》いた。

「あと、女どもを放逐できねば、わたくしを京へ帰すとも」

「ならぬ。そなたは、妾《わらわ》が家宣さまへ輿入《こしい》れするおりに、都より連れてきたものぞ。吉宗にどうこうされる筋合いではない」

天英院が激《げき》した。

「なれど、わたくしも今は大奥の上臈。御上《おかみ》から扶持《ふち》をもらっておる身の上でございまする」

小さく姉小路が首を振った。もとは近衛家の姫として甲府《こうふ》城主徳川綱豊《つなとよ》のもとへ嫁《か》した姫の付き人であった姉小路は、綱豊が将軍位に就《つ》き、姫が御台所となるにつれて大奥上臈となった。いわば陪臣から直臣へと出世したのだ。

「ならば、大奥上臈を辞し、妾の局付きに戻ればよい」

「それは……」

姉小路がしぶった。

筆頭上臈は、大奥で御台所、将軍生母に次いで、大奥第三位と格が高い。専用の局を与えられ、何人もの女中たちに傅かれる。表からも十万石の大名と同じ格式と老中並みの扱いを受ける。いや、用件で会談するおりなど、老中でさえ敬称を付けて丁重に扱ってくれるのだ。その影響は実家にも及ぶ。幕府からの気遣いが届くだけでなく、大奥の実力者である姉小路への伝手《つて》を求める者たちが、実家へなにかと贈りものをしてくれる。

対して、御台所の付き人となれば、すべてが変わった。直臣扱いから陪臣となり、将軍家への目通りはできなくなる。となれば十万石の格も老中並みの待遇も奪われる。

なにより収入が大きく減った。

大奥で最高の俸禄《ほうろく》がなくなるだけではなかった。大奥へ出入りする商人、御用達《ごようたし》となりたい商人、娘を大奥へあげたい旗本《はたもと》や御家人《ごけにん》などから、姉小路は、かなりの金額を受け取っていた。これは姉小路へのものではない。大奥上臈の権威へ捧げられたものなのだ。姉小路が上臈でなくなれば、その日から一文も入ってこなくなる。

「不満か」

口籠《くちご》もった姉小路へ、天英院が不満の声を出した。

「……天英院さま」

姉小路が首を振った。

「わたくしは、天英院さまへお仕えするために都から東《あずま》へ下りました。大奥上臈という身分を得た今でも、その本心は変わっておりませぬ」

「ならば、それでよかろう」

「お待ちくださいませ」

うなずいた天英院へ、姉小路が首を振った。

「わたくしが天英院さまの局へ参るのはよろしゅうございまする。そうなれば、上臈の席が一つ空《あ》くことになりまする」

姉小路が説明を始めた。

「その席へ月光院の手の者が就けばどうなりましょう」

「なにを。そなたの後じゃ。妾のもとから出すのが当然であろう」

天英院が驚いた。

「はたしてそうなりましょうや。大奥の上臈とはいえ、表の承認なしには引きあげられませぬ」

表は大奥へ手出しをしないのが不文律である。しかし、給金や禄の発生する高位の女中にかんしては別であった。

大奥から出された就任の願いを御用部屋で審査し認められなければ、禄米《ろくまい》の支給は始まらなかった。大奥の費用一切《いっさい》は表からの支給で成り立っているのである。いかに春日局以来の伝統であるといったところで、金を握っているほうが強い。

「失礼ながら天英院さまは、吉宗ではなく館林右近将監さまを推《お》されました。対して月光院は、吉宗を最初から担《かつ》いだ。戦《いくさ》でいえば裏切った者と、味方で功績を挙げた者。手柄《てがら》には褒美《ほうび》がつきものでございましょう」

敵対している者へ、姉小路は敬称を付けなかった。

「ううむ」

聞いた天英院がうなった。

「席を空ければ、月光院めに奪われるか……」

大奥の主人は将軍の正室御台所である。しかし、大奥を実質差配するのは、上臈あるいは、その次の地位である年寄であった。ともに定員が決められているわけではないが、上臈は三名内外、年寄は七名から八名ていどいた。

その任免には、表の許可が要《い》り、また順位の決定は将軍の意思に左右された。

「今の上臈は三名。年寄が六名。絵島《えじま》の一件で年寄を一人、こちらから出せましたので、現状、天英院さまに与《くみ》している者は、上臈一人、年寄四名となっておりまする」

姉小路が指を折った。

絵島とは、月光院方の年寄であった。大奥きっての才女といわれた絵島の能力は、他の年寄たちを圧倒し、月光院の勢力は天英院を大きくしのいでいた。

危機を覚えた天英院は、月光院と手を結んで幕政を壟断している間部越前守を嫌う譜代大名の一部と手を組み、絵島を罠《わな》にはめた。当代で有数の歌舞伎《かぶき》役者との間を取り持ち、絵島の女を刺激したのだ。

子供のころから大奥で育ち、男とのやりとりは、壮年の表役人ばかりであった絵島は、若く美しい役者の生島《いくしま》の口説《くぜつ》にあっさりと落ちた。

それ以来絵島は口実を見つけては、寛永寺《かんえいじ》や増上寺《ぞうじょうじ》への代参《だいさん》をおこない、そのたびに生島との逢瀬《おうせ》を楽しんだ。

当初は警戒していた絵島も密会を重ねているうちに油断しはじめ、ついに大奥の門限に遅れるという失態をおかした。

大奥を支配しているに等しい絵島である。門限破りをもみ消すくらいのことは容易なはずであった。日頃から大奥女中の出入りする平川門《ひらかわもん》の番士《ばんし》たちには、心付《こころづ》けを渡し、懐柔《かいじゅう》しているはずであった。だが、天英院の罠は、表の老中たちも巻きこんで、絵島の有利を崩していた。

当日、平川門を警備していたのは、絵島に籠絡《ろうらく》されていない者ばかりに替えられていた。こうして大奥一の実力者絵島は陥落《かんらく》した。絵島は信州高遠藩《しんしゅうたかとお》へ永《なが》のお預け、実家の父親と嫡男《ちゃくなん》は切腹となった。そして、月光院は、配下の失態に身を慎まなければならなくなった。

夫家宣を失ったことで、大奥の権力を七代将軍家継の生母月光院に奪われていた天英院の起死回生《きしかいせい》の策は功《こう》を奏《そう》し、立場を逆転させていた。

「それが月光院を吉宗へ近づけさせてしまったか」

天英院がほぞをかんだ。

権力を失った月光院は、息子家継の命旦夕に迫《せま》ったとき、大きな博打《ばくち》に出た。それが、八代将軍に吉宗を、との提案であった。

当時、吉宗が八代将軍を継ぐのは、難しい状況であった。まず、紀州家は御三家の次席であり、筆頭の尾張の下であった。

続いて、吉宗の母の身分が低すぎた。吉宗の母浄円院《じょうえんいん》は、紀州藩士巨勢利清《こせとしきよ》の娘とされているが、その実、流れの巡礼の子供であった。

紀州熊野《くまの》への巡礼の途中和歌山《わかやま》城下で病《やまい》を発し、浄円院の母が死んだ。一人残された浄円院は、近くの寺に預けられ、成人後伝手を頼って紀州城の奥へ奉公へあがった。

湯殿係となった浄円院に、紀州二代藩主光貞が手をつけたことによって、吉宗は生まれたが、身分の低さから当初、吉宗は光貞への目通りも許されず、家臣巨勢利清の家で育てられたほどである。

他にも、吉宗が紀州藩主となるにあたって、兄たちが次々と死んでいったことから、不審をもたれており、将軍に推すのをためらう者は少なくなかった。

かといって尾張は当主の交代が続いたことで、藩論を統一できておらず、水戸は当主が老齢のうえ、紀州の控えという立場もあって将軍位から遠かった。実質松平清武と吉宗の争いとなった八代将軍の選定で、将軍生母でありながら、絵島のおかげで斜陽《しゃよう》となりかけた月光院が、吉宗を推したのは当然の帰結《きけつ》であった。

「次は妾が落日《らくじつ》の憂き目に遭う番なのか」

天英院が呟《つぶや》いた。

「それを防がねばなりませぬ。大奥は将軍家ご正室のためにあるのでございまする。吉宗に正室のない今、主にふさわしいのは天英院さまのみ」

姉小路が慰めた。

「……わかった。そなたを妾の局付きにするのは止《や》めよう。しかし、そうなれば、五十名の女中を大奥から出さねばならぬ」

「…………」

嘆息《たんそく》する天英院へ、姉小路は何も言えなかった。吉宗が見目麗しい女を書き出せと命じたとき、その裏を見抜けなかった姉小路のあきらかな失策であった。

「女どもの配分はどうなっておる」

「こちら側が三十五名、月光院の配下が十五名でございまする」

問われた姉小路が、低い声で答えた。

「我がほうが二十名も多いではないか」

天英院が怒った。

「申しわけございませぬ。吉宗が寵姫《ちようき》を求めておるとばかり思い、少しでも天英院さまへ有利になるようにと、配下の者を多く押しこみました」

「……やむをえぬか」

大きく息を吸って、天英院が怒気《どき》を抑えた。

将軍の寵姫となったところで、大奥での身分は中臈でしかない。大奥の女中として上から五番目。御台所の毒味役でしかない中年寄よりも低い。といったところで、これは表向きである。天下一の権力者将軍といえども、己が手を出した女はやはり愛《いと》しい。気位《きぐらい》だけ高い上臈などより、よほど好ましいのだ。また、男と女は、どれほど身分が高くとも、やることは同じである。将軍といえども、閨では一人の男でしかない。男は女の機嫌を取り結ぶ。甘えられれば、その願いをかなえてやりたくなる。

さらに将軍と閨で睦言《むつごと》をかわせる寵姫に、誼《よしみ》を通じたがる者はいくらでもいた。

幕政を扱う老中とて、寵姫の機嫌を損ねるまねはできなかった。将軍の胸のなかで寵姫が、一言あの老中は気に入りませぬと囁《ささや》けば、首が飛びかねないのだ。

こうして将軍の寵姫は、御台所に次ぐ力を持つ。

吉宗との敵対をおさめるに、大奥が遣える手段は女しかない。天英院の意を受けた姉小路が、配下の女中を多めに推挙《すいきょ》したのは、当然の一手であった。

「かわいそうだが、この者どもに暇を取らせよ」

「……はい」

姉小路が恐縮した。

「できるだけ手厚くしてやれ」

肩を天英院が落とした。

奥女中の数も勢力の目安であった。多くの女中を失った天英院の勢威は、大きく減じる。

「このままですませると思うな、吉宗」

天英院が呪詛の言葉を口にした。

五十人もの女中を放逐した影響は、当然のように月光院にも及んでいた。

「十五名の女中に暇を出さねばならぬとは」

月光院が嘆息した。

「人手が足りなくなるのではないか」

年寄高山《たかやま》へ月光院が問うた。

「多少の影響は出るかと」

絵島なきあと、月光院の信頼を一手に受ける年寄高山が述べた。

「目見えの者が大奥を去れば、それについていた御末の女中たちも不要となりまする。総勢で六十名ほどがいなくなりましょう」

「それは困るの」

月光院が憂いた。

「あちらはどうじゃ」

「天英院さま方からは、三十五名が召し放たれましてございまする。御末までいれれば、おそらく百名は減ったかと」

「よい気味じゃ」

満足そうに月光院が笑った。

「四十名の差か。もう少し欲しいの」

「どうなさるおつもりで」

高山が訊いた。

「将軍に願って、我らの女中どもだけ赦免《しゃめん》をいただこう。さすれば、天英院を圧倒できよるぞえ」

名案だと月光院がうなずいた。

「お方《かた》さま……それはよろしくございませぬ」

「なぜじゃ。それくらいのこと、将軍推戴《すいたい》の貸しからいけば、微々《びび》たるものであろう」

止める高山を月光院が不思議そうに見た。

「貸しは返してもらうまで遣えまするが、なにか頼めばそこまででございまする」

「たかが女中を残してもらうくらいでは、釣り合わぬぞ。妾の貸しは」

月光院が不満を口にした。

「それは貸した方の考えでございまする。借りた方は違いまする。貸した方は貸しを大きく思い、借りた方は小さくしたい。それが人というもの。女中を助けるていどとこちらは思っても、将軍家にしてみれば百名からの女中を残すととりまする」

「ふむ。吉宗どのは、これで貸し借りなしとするか」

「おそらく」

高山が首肯した。

為政者というのは借りを作りたがらない。作ればできるだけ早く返そうとする。当然のことだ。借りは弱みである。弱みを抱えたままでは、思いきった施策など打ち出せるはずもない。

「それはよくないの」

すっと月光院の瞳から柔らかさが消えた。

「しかたない。今回は黙ってしたがってやろう」

「ご賢察《けんさつ》でございまする」

月光院を高山が褒めた。

こうして、吉宗と大奥最初の戦いは、吉宗の勝利に終わった。

三

なにをするにも要るのは金である。

吉宗の改革は、幕府財政の建て直しに主眼が置かれた。幕府のなかで遣われる金を吉宗は一気に減らそうとした。

大奥女中の放逐はその端緒《たんしょ》であり、一つの見せしめであった。

将軍にとって大奥の面倒をみるのは大きな負担だった。

かつて五代将軍綱吉《つなよし》は、己の母桂昌院《けいしょういん》の求めに応じて大奥を拡張した。建物と人を無尽蔵《むじんぞう》に増やした。その費用は、底をつきかけていた幕府の金蔵《かねぐら》に止《とど》めを刺した。

綱吉の跡を継いだ家宣は、最初大奥と対峙《たいじ》するつもりでいた。しかし、できなかった。家継を産んだ月光院が、将軍生母として大奥へ入ったことで家宣は、幼い吾が子を大奥に預けざるを得なかったからである。

五代将軍綱吉の嫡男徳松《とくまつ》を例に出すまでもなく、大奥で死んだ将軍の子供は多い。かといってまだ乳を離れたばかりの幼児を母から引き離し、表で育てるなどできようはずもなかった。

綱吉の後始末をし、幕政を建て直そうとの意気に燃えていた家宣は、その最初で躓《つまず》いた。息子を大奥に入れた家宣も大奥の機嫌を取らざるを得なくなり、その改築費用として、新たに十万両からの出費を余儀なくされた。

歴代将軍でさえ、尻込みするしかなかった大奥との対決を、吉宗はやってのけた。

壮年の吉宗には大奥に預けなければならないほど小さな子供はなく、また正室もいない。大奥との繫《つな》がりは、歴代将軍のなかでもっとも薄かった。

「思いきったことをなさる」

表でも吉宗の行動は恐れをもって迎えられた。

おかげで吉宗の改革に反対する者は、なりを潜《ひそ》めた。

「大奥の不要となった建物を壊す」

吉宗はあらたな動きに出た。

人がいなくなれば、建物にも空《あ》きが出る。空いた建物といえども、手入れはしなければならない。放置しておけば、傷《いた》むだけでなく、不用心であった。それこそ火でも出せば、大事《おおごと》になる。

「なんということを……」

聞かされた天英院が激昂《げっこう》した。

吉宗が壊すと宣した建物は、天英院の夫家宣が改修したものであった。

夫が己のために作ってくれた建物を壊される。家宣との間に子供を作れなかった天英院にしてみれば、それらは思い出のこもるものであった。

「本家を継げるほどの身分でもない者が、家宣さまの名残《なごり》に手を出すなど、思いあがるな」

天英院の怒りは収まらなかった。

「そちらが戦うというならば、こちらも受けて立つまでじゃ」

「お方さま」

姉小路の諫《いさ》めも届かなかった。

「諫言《かんげん》は許さぬ。妾に従えぬと言うならば、暇を遣わすゆえ、大奥を出て行くがよい」

「…………」

天英院の輿入れからついてきた姉小路である。江戸で過ごした年のほうが、都にいたよりも長い。大奥を出されたところで、実家にも帰れず、今さら嫁に行くことも難しい。大奥の上臈であればこそ、衣食住に困ることなく、隠居後も保障されている。

「どうなされましょうや」

絞り出した言葉は、姉小路の抵抗が終わった証明であった。

「吉宗を排除する」

「無茶《むちゃ》を仰せられまする。我らではとても無理でございまする」

「大奥へ来たところを別式女《べつしきめ》に襲わせよ」

興奮した天英院が命じた。

男子禁制の大奥にも武芸者《ぶげいしゃ》はいた。旗本や御家人の子女のなかで、長刀や剣などの経験ある者を集めて、大奥の警固《けいご》に当たらせていた。これが別式女である。将軍の閨である大奥で、唯一武器を持つ者であった。

「できませぬ」

姉小路が拒んだ。

「大奥で将軍が殺されれば、いかに春日局さま以来の歴史があろうとも、見逃されることなどありませぬ。大奥は潰されまする」

「妾は将軍家正室であるぞ」

「おそれながら、天英院さまは、先々代将軍のご正室。将軍とは比べられませぬ。幕府にとってたいせつなのは、将軍一人」

冷静な声で姉小路が述べた。

「将軍の代わりなどいくらでもおろう。それこそ、尾張徳川でも、松平清武でももってきて九代将軍とすればすむ」

問題などないと天英院が言った。

「がんぜない幼児の家継どのでも幕府は変わらずにあったではないか」

皮肉な笑いを天英院が浮かべた。

「幕府にとって将軍は確かに飾りでございまする。しかし、飾りとはいえ、将軍を殺されては、幕府の面目《めんもく》が立ちませぬ。老中たちは、下手人《げしゅにん》を許しませぬ」

姉小路が首を振った。

「下手人ならば、別式女を差し出せばすもう」

身分ある者にとって、親しく接している家臣以外の配下などは使い捨ての駒《こま》でしかない。天英院があっさりと言った。

「お方さま……」

大きく嘆息して、姉小路があきれた。

「将軍が大奥で殺される。その意味をお考えくださいませ」

「どういうことぞ」

「大奥は、将軍の私《わたくし》を司《つかさど》るところ。なにをおいても安全なところでなければなりませぬ。でなければ、将軍の世継ぎを任されることはありませぬ」

「産んだ子を育てるのは、女の仕事であろう。大奥に世継ぎがいて当然ではないか」

何が言いたいのかと天英院が問うた。

「将軍の命さえ危ないところに世継ぎが置かれまするか。そうなれば大奥がある意味はなくなりまする」

「大奥が潰されると……」

「はい」

はっきりと姉小路が首肯した。

「しばらくはご静観のほどを……」

「……」

天英院が沈黙した。

「姉小路」

「はい」

「館林どのに連絡をいたせ」

「右近将監さまでございまするか」

「うむ。お願いしたいことがあるとな」

「お手紙をお出しになられれば」

姉小路が勧めた。

「いや、直接会いたい。今後の援助を頼まねばならぬ」

大奥の女は終生奉公として、親の葬儀であろうとも参加することは許されていない。ただこれは奉公人だけであり、大奥の主ともいうべき御台所には当てはめられていなかった。まして、天英院は、すでに落飾し、僧籍《そうせき》に入った形を取っている。さすがに、大奥へ男を招き入れることはできないが、寛永寺や増上寺、あるいは回向院《こういん》などへ出かけ、そこで会うことはできた。

「よろしゅうございまするので。吉宗の機嫌をいっそう損ねることとなりまする」

「亡夫の弟に会う。近しき血縁の者として当然であろう。止めることなどできまい。なにより……」

「なにより……」

天英院が途中で止めた先を、姉小路が促した。

「すでに妾は吉宗と対立しておるのだ。今さら、にらまれたところで、どうということはない」

冷たく天英院が宣した。

怒鳴りあうような声が、店のなかから外まで響いた。

「なんで百両が五十両に減らされるんだ」

「ですから、何度も申しあげておりますように、御上からのお触《ふ》れで、元禄《げんろく》小判は、百両で享保小判五十一両一分《ぶ》と決まっておりまする」

両替屋の番頭が、必死に客をなだめた。

「御上のお触れだかなんだか知らないが、一生懸命汗水垂《た》らしてためた百両を半分にされて、そうですかと納得できるか」

持ち金が半分になると言われた客は、怒りをさらに増した。

「わたくしどもも、儲《もう》けはまったくないのでございますよ。御上に代わって両替をさせられているだけで。手間賃分の損なので。お気に召さないならば、どうぞ、他《よ》所《そ》さまへお出《い》でを」

ついに番頭も堪忍袋《かんにんぶくろ》の緒《お》を切った。

「ああ、行ってやるぜ。ここで金を減らさなくとも、他に遣うところはいくらでもあらあ」

客が捨て台詞《ぜりふ》を残して、背を向けた。

「念のために申し添えますが、元禄小判は二分でしか通用いたしませんから」

追いかけるように番頭が述べた。

「馬鹿言うねえ」

「両替屋へ持っていけば、半分に減らされる元禄小判を額面どおりに受け取ってくれる商売人なんぞ、おりませんで」

「くっ」

番頭に切り返された客が、舌打ちして出て行った。

「正徳《しょうとく》四年（一七一四）の御触書《おふれがき》か」

騒動を聞きつけて足を止めていた寄合旗本《よりあいはたもと》水城聡四郎《みずきそうしろう》が、嘆息した。勘定吟味《かんじょうぎんみ》役《やく》であったころに発布された古金《こきん》引き替えにかんする触れのことを聡四郎はよく覚えていた。

「たしかに財産が半分になると言われて、そうですかとうなずく者はおるまいな」

歩き始めながら、聡四郎は苦笑した。

水城聡四郎は、勘定吟味役を辞した後、在任中の精勤《せいきん》を称されて、八代将軍吉宗直々《じきじき》の声がかりで寄合席へと組みこまれていた。

寄合とは、おもに三千石以上の高禄旗本のことを指した。寄合旗本は、留守居役《るすいやく》の支配を受け、任へつくときは書院番頭《しょいんばんがしら》、小姓組頭《こしょうくみがしら》、京都町奉行《まちぶぎょう》などの要職を振り出しに、勘定奉行、町奉行、大目付《おおめつけ》などへと累進《るいしん》していく。五百五十石の水城家としては破格の扱いであった。もともと、従六位相当である布衣《ほい》格の役目を勤めあげた役人には、寄合の格を与える制度はあった。これは役寄合と呼ばれ、本人が隠居するまでの一代限りでしかなかった。聡四郎の場合は、吉宗直接の辞令であったため、役寄合ではなく、通常の寄合扱いと受け止められていた。

もっとも家格の高い寄合旗本などといったところで、そのじつは、無役《むやく》、小普請《こぶしん》旗本と大差なかった。

小普請旗本には、小普請金として禄米百俵につき年一両二分を幕府へ納める義務があった。同じものが寄合旗本にも課されていた。百石につき年二両を寄合金として、二月、八月の二回に分けて支払った。

五百五十石の水城家の寄合金は、十一両となる。表高《おもてだか》五百五十石の水城家の実収入は、五公五民で、二百七十五石である。精米で一割目減りするため、手取りは二百四十七石と五斗、一石一両で換算すれば、二百四十七両二分となる。

といってもそれすべてが、水城家の収入とはならなかった。幕府によって決められている兵役にしたがった人員の給与も含まれているのである。おおむね六百石の兵役は、侍身分三人、槍持《やりも》ち一人、馬の轡《くつわ》取り一人、鎧櫃《よろいびつ》持ち一人、草履《ぞうり》取り一人の計七人であった。他にも雑用をこなす小者《こもの》や女中が数人は要った。

侍身分を三十俵として、三人で百俵、米に直しておよそ三十六石、その他の小者、女中などが一人年三両ていどと計算して、年五十両ほどになる。さらに、独《ひと》り身《み》の使用人たちの食費は持たなければならない。

そのうえで五百五十石としての体面の維持もある。とくに破格の寄合席となったことで、交際に遣う費用が大きく膨らんでいた。

十一両とはいえ、寄合金は水城家にとって大きい。無駄に消費していい金など、水城家にはなかった。

「我が家の金蔵はどうなっているのか」

聡四郎は勘定吟味役を六代将軍家宣の命で務めていたが、算勘《さんかん》に明るいわけではなかった。

聡四郎は水城家の四男で、家督《かとく》に関係がなかった。それが、長兄の急病死で変わった。次兄、三兄はすでに他家へ養子に出ていて、残った聡四郎へ家督が回ってきた。剣術で身を立てようと考えていた聡四郎に、算盤《そろばん》が遣えるはずもなく、当初は金の勘定さえまともにできなかった。

やがて勘定吟味役の仕事をこなすことで、あるていど算勘にも明るくはなったが、やはり金のことは苦手で、すべて妻に任せていた。

「訊いてみるか」

聡四郎は屋敷へと足を向けた。

水城家は御三家水戸徳川家の上屋敷《かみやしき》に近い本郷御弓町《ほんごうおゆみちよう》に屋敷を与えられていた。

「お戻りでございまする」

門番《もんばん》小者が大声をあげて、大門《おおもん》を開いた。

「お帰りなさいませ」

玄関前の土間へ、家士《かし》たちが並んだ。

「玄馬《げんば》、なにもなかったか」

家士筆頭の地位にある大宮《おおみや》玄馬へ、聡四郎は問いかけた。

「はい」

大宮玄馬が首肯《しゆこう》した。

「お早いお帰りでございまする」

玄関式台の上で、妻紅《あかね》が出迎えた。

「師はおかわりございませなんだか」

「うむ。相変わらずお元気であったわ」

腰から太刀《たち》を抜いて、聡四郎は紅へ渡した。

聡四郎は、久しぶりに剣術の師入江無手斎《いりえむてさい》を訪ねていた。

「それはよろしゅうございました」

玄関をあがった聡四郎について紅が居室まで付いてきた。

「お着替えをなさりますか」

太刀を床《とこ》の間《ま》へ置いた紅が問うた。

「うむ」

うなずいた聡四郎の前へ紅が膝をついて、袴《はかま》の紐《ひも》に手をかけた。

まともな武家では、女が食事の給仕や身支度を手伝うことはなかった。水城家も紅が嫁に来るまでは、男の家士の手で着替えなどもおこなわれていた。

「旦那の身支度くらい、女房が手伝って当然」

紅がそう宣言し、水城の家風を変えた。紅は江戸城出入りの人入《ひとい》れ屋相模屋伝《やさがみやでん》兵衛《ひょうえ》の一人娘であった。それがゆえあって紀州藩主であった吉宗の養女格となり、嫁に来た。武家のしきたりを知らないわけではないが、町民の振るまいを好むのは当然であった。

「しかし……」

抗弁しようとした聡四郎の父功之進《こうのしん》も、吉宗の娘分となった紅に押さえられ、今では、男の家士たちは近づこうともしなくなっていた。

「紅よ」

「なに」

聡四郎から声をかけられた紅が、顔をあげた。

「我が家の金蔵はどうなっている」

「金蔵……どうかした」

紅が首をかしげた。

「さきほどな……」

見てきたことを聡四郎は語った。

「それで心配になったってわけ」

久しぶりに紅があきれた顔をした。

「…………」

無言で聡四郎は肯定した。

「あなたは何役をおつとめだったかしら」

紅が笑いながら尋ねた。

「知っておろうが」

聡四郎は苦笑した。

そもそも聡四郎が紅と出会ったのは、役目で江戸の町を歩いていたときだった。

「あのとき金座《きんざ》のもめ事にもかかわったでしょう」

「金貨改鋳《かいちゅう》の一件だな」

ときの勘定奉行荻原近江守重秀《おぎわらおうみのかみしげひで》は、金座の後藤《ごとう》家と組んで、金の含有の多い慶《けい》長《ちょう》小判を取りあげて、質の悪い元禄《げんろく》小判へと替えさせ、その差額を私《わたくし》した。

「元禄小判が、質の悪いものだってことなど、江戸の庶民なら誰でも知ってること」

江戸一の人入れ屋相模屋伝兵衛の娘として、人足《にんそく》の差配などをしていた紅は、世《せ》情《じょう》については聡四郎よりはるかに詳しい。

「小判の質が悪ければ、お金の値打ちが下がり、代わりにものの値段が上がる。米なんて何倍になったやら。その弊害を戻すために今度はましなものに替えようと言うんでしょう。しなければならないことだと誰だってわかっているの。ただ、慶長小判を元禄小判に替えるときには、色を付けなかったのに、今度は半値扱い。それが気に入らないだけよ」

紅が述べた。

「なにより、水城の家の金蔵に小判なんてございませんから」

あっさりと紅が述べた。

「それもそうだな」

家格から見れば破格の寄合席は、体面を保つだけでもかなり無駄な費用がかかる。そのうえ、どこも人減らしにいそしんでいるご時世に、珍しく幕府の定めた軍令どおりの家臣を抱えているのだ。水城家の石高で金の余るはずもなかった。

「少しは気にしなさい」

紅があきれた。

「子供ができたら、いろいろと費《つい》えもかかるんだから」

「できたのか」

「……できてないわよ」

真っ赤になった紅が、聡四郎へ言い返した。

「殿」

襖《ふすま》ごしに声がかかった。

「玄馬か。どうした」

「お使い番永井《ながい》信濃守《しなののかみ》さまが、お見えでございまする」

「信濃守どのが」

聡四郎は驚いた。

お使い番とはその名のとおり、幕府からの通達を大名旗本へ伝える役目である。上使《じょうし》とも呼ばれ、任にある間は将軍と同じ扱いを受けた。

「ただちに客間へお通しいたせ」

「すでに」

大宮玄馬が答えた。

「よくぞしてのけた。紅、身支度を」

「はい」

先ほどまでのくだけた雰囲気を一掃《いっそう》して、紅が表情を引き締めた。

「お待たせをいたしました」

聡四郎は、客間の下座《しもざ》で手をついた。

「寄合席、水城聡四郎」

前置きもなくお使い番が呼んだ。

「はっ」

一層深く聡四郎は、平伏した。

「明日、朝五つ半（午前九時ごろ）登城いたし、黒書院にて控えおくように」

「承知いたしましてございまする」

額《ひたい》を畳につけたまま、聡四郎は受けた。

「水城どの」

永井信濃守の口調がやわらかくなった。

「慶事《けいじ》でござる。お祝い申しあげる」

「かたじけなきお心遣い」

一度顔をあげた聡四郎は、軽く一礼した。

上使を受けた家はどうしても緊張する。午前中の呼びだしは、昇進、あるいは任命など慶事とされているが、これはあくまでも慣例であって、絶対ではなかった。

「不埒《ふらち》な奴め、ただちに呼び出せ」

将軍が激怒して、慣例を無視することもある。

その不安を取り除くのも上使の仕事である。もっとも、凶事《きょうじ》のおり、引導《いんどう》を渡し、覚悟を決めさせるのも上使の任であった。

「粗茶ではございまするが」

大宮玄馬が用意した茶菓を、聡四郎は永井信濃守へ勧めた。

「いただこう。少し喉《のど》が渇いておった」

永井信濃守が茶碗を手にした。

「水城どのは、寄合席になって、どれくらいになるかの」

「そろそろ半年になりましょうか」

相伴《しょうばん》しながら聡四郎は答えた。

「ちょうどよい骨休めでござったの」

「お役目でございまするか」

「そのように聞いた」

茶碗を卓へ戻して永井信濃守が首肯した。

「もっとも何役かまではわからなかったがの」

「さようでございまするか」

「なにはともあれ、お役目を受けるということは水城家の繁栄につながろう」

永井信濃守が立ちあがった。

「お見送りを」

聡四郎は後に付いた。

「では、ごめん」

「お気を付けられて」

騎乗の人となった永井信濃守を聡四郎は見送った。

「お役に就くの」

いつのまにか玄関まで紅が来ていた。

「そのようだな」

「なにをお考えになっておられるのやら……」

重いため息を紅がついた。

「上様か」

「お義父《とう》さまと呼ぶべきだけど。どうも底が知れないから、あのお方は」

「ああ」

聡四郎も同意した。

「また無茶を押しつけられる」

心配そうな目で紅が見た。

「安閑とはさせてくださるまい」

「ごめんなさい」

泣きそうな顔で、紅が詫《わ》びた。

発端《ほったん》は、聡四郎が勘定吟味役に抜擢《ばってき》されたことにさかのぼる。六代将軍家宣による幕政改革を画策した新井《あらい》白石《はくせき》は、幕府の金を握っていた勘定奉行荻原近江守重秀の失脚を狙って、聡四郎を勘定吟味役に就《つ》けた。

勘定吟味役は幕府の金の動くところ、そのすべてを監察《かんさつ》できる。荻原近江守を勘定奉行の座から引きずり下ろしたあと、聡四郎は、新井白石の手として金の動きを探っていた。そして聡四郎は七代将軍家継の跡目を巡る争いに巻きこまれた。

そのとき八代将軍となるべく暗躍していた吉宗と知り合ったのだ。尾張、紀伊、二つの御三家が将軍位を巡って争っているとき、幕府の金の動きを自在に監察できる勘定吟味役の価値は大きい。聡四郎と恋仲であった人入れ屋相模屋伝兵衛の娘紅を養女とすることで、吉宗は勘定吟味役を配下にしようとした。

しかし、聡四郎の出番はなく、家継が死去したことで吉宗は八代将軍となった。そして代替わりを機に、聡四郎は役目を退き、無役となっていた。

「そなたが気にすることではない。旗本は将軍のためにある。お役を命じられたならば、誠心誠意お仕えするだけよ」

ぐっと聡四郎は紅の肩を抱き寄せた。

四

翌朝、江戸城へのぼった聡四郎は、寄合席に与えられた下部屋《しもべや》で布衣格にふさわしい大紋長袴《だいもんながばかま》、風折烏帽子《かざおりえぼし》姿に着替え、黒書院の襖際《ふすまぎわ》で待機した。

「上様のお成りである。控えよ」

見張りとして同席している目付《めつけ》の警告に、聡四郎は平伏した。

「面《おもて》をあげよ」

黒書院上座《かみざ》から吉宗の声が聞こえた。

ゆっくりと聡四郎は背筋を伸ばした。

「久しいな。水城」

「上様のご尊顔を拝し奉《たてまつ》り、水城聡四郎、恐悦至極に存じまする」

口上を述べながら、もう一度聡四郎は平伏した。

「義理とはいえ、親子の間がらである。堅苦しいまねは要らぬ」

苦笑しながら吉宗が言った。

「畏《おそ》れ入りまする」

聡四郎は顔をあげた。

「紅は息災《そくさい》にしておるか」

「おかげさまをもちまして、無事にいたしておりまする」

「子はまだか」

「あいにく……」

問われた聡四郎は首を振った。

「女の扱いを心得ておらぬということはなかろうな」

「…………」

吉宗のからかいに、聡四郎は沈黙するしかなかった。

「相変わらず、堅いの」

あきれた顔で吉宗が嘆息《たんそく》した。

「そのようでは、すぐに潰されるぞ」

「なんのお話でございましょう」

聡四郎は意味がわからないと訊いた。

「水城聡四郎」

雰囲気を変え、吉宗が厳格な声で呼んだ。

「はっ」

聡四郎は両手を畳についた。

「広敷用人《ひろしきようにん》を命ず。遅滞《ちたい》なきよう励め」

「……御広敷用人」

言われた聡四郎は怪訝《けげん》な顔をした。

「御広敷には、すでに四名の用人がおるやにうかがっておりまするが……」

聡四郎が吉宗の顔をみあげた。

御広敷は、大奥のことをつかさどる役所である。中奥と大奥の接点にあり、出入りする人やものを統轄《とうかつ》した。また、御広敷用人は、大奥にいる御台所、若君、姫君の用人もかね、嫁入りや婿入り別家などのおりには、付き従った。享保元年に将軍となって江戸城へ入った吉宗の次男小次郎《こじろう》付きとして、紀州藩から能勢惣八郎《のせそうはちろう》以下四名が任じられていた。

「あれは小次郎付きじゃ」

吉宗が述べた。

「躬に付く用人をそなたにさせようと思う」

「上様付きでございまするか」

「うむ。御広敷用人は、本来大奥に住まいする御台所や側室、吾が子に付けられるものだ。しかし、躬は独り身じゃ」

正室真宮理子《さなのみやまさこ》を宝永七年（一七一〇）に亡くした吉宗には、御台所がいなかった。

「御台所がおらぬ。となれば、いずれ側室を大奥へ入れなければならぬ」

「はい」

将軍に子息が多いことは幕府安定の根本である。七代将軍家継の跡を巡って、御三家紀州と尾張らが争い、天下を大きく揺るがせたのは記憶に新しい。

「だが、大奥におる躬の世話をする者がおらぬ」

「ご側室方付きの御用人を任じられれば……」

「役に立つと思うのか」

鼻先で吉宗が笑った。

「そなたも大奥では痛い思いをしておろう」

「……それは」

聡四郎は口ごもった。

かつて勘定吟味役であったころ、大奥の金の動きの不透明さにあきれた聡四郎は、手を出そうとして痛い目に遭っていた。

「知っておるか。この江戸城において、大奥だけが躬のものではない」

「なにを仰せられますか。上様は天下の主でございまする。そのお方のものでないところなど……」

「ふん。天下の主か。知っておるか。大奥は御台所が主なのだ。そなたの家でもそうであろう。台所は紅が仕切っておろう」

「……はあ」

たしかに聡四郎は台所へ足を運ぶこともない。毎日の食事に注文を付けたこともなかった。すべては妻の紅がやっていた。食事のことだけではない。水城家の費用は、すべて紅が差配していた。

「江戸城でも同じなのだ。大奥の主は御台所。夫たる将軍は、大奥の客に過ぎぬ。これは三代将軍家光《いえみつ》公の乳母であった春日局が取り決め、今に続いているものだという。そして、躬には正室がおらぬ」

吉宗が語った。

「つまり、今の大奥には主がおらぬ。では、誰が大奥を手中にしておるのか、わかるか、聡四郎」

「ご側室のどなたかでは」

将軍となったときすでに吉宗には数人の側室がいた。

「先日まで紀州藩の上屋敷や中屋敷にいた側室が、規模もしきたりも違う、この大奥を支配できるはずもなかろう」

吉宗があきれた。

「わかりませぬ」

すなおに聡四郎は首を振った。

「天英院と月光院よ」

「お二人も……」

聡四郎は驚いた。幕府を例にとるまでもなく、どこでも最高位にある者は一人である。一人なればこそ、決断が下せ、そのようにすべてが動いていく。それが二人になれば、一気に話はややこしくなった。

一つの事象に対し、二人の権力者が違った命を下した場合、家臣たちはどちらにしたがえばいいかわからずに戸惑う。それならばまだよかった。家臣たちも二つに割れ、それぞれが頭に戴《いただ》く者の意見に沿えば、組織は壊れる。

「そうじゃ。躬が大奥へ行くたびに、どちらからも饗応《きょうおう》の誘いが来る。躬の身体《からだ》は一つしかないのにだ。どちらかをたてれば、一方の機嫌が悪くなる。聡四郎、嫁を貰《もら》ったそなたならばわかろう。不機嫌な女ほど始末に負えぬものはない」

「はあ」

あいまいな返事を聡四郎は返すしかなかった。たしかに、紅の機嫌は、聡四郎に直結するとはいえ、家庭のことを将軍に漏らすわけにはいかない。

「大奥とは将軍のやすらぎの場ではなかったのか」

「お言葉のとおりでございまする」

今度は聡四郎も同意した。

「聡四郎、そなたの役目は、大奥を躾のために整理することぞ」

「わたくしごときには難しゅうございまする」

聡四郎は首を振った。

「ならぬ。今の幕府に旗本を遊ばしてやるほどの余裕はない。遣える者は、酷使する。そうせねば、立ちゆかぬところまで来てしまっているのだ。それともなにか、勘定方か、遠国《おんごく》奉行でもするというか」

「……それは」

にらみつけられて聡四郎は口籠もった。

「できまいが。ならば、躬の命に従え。どうせ、おまえは紅のかかわりで、躬の手の者と認識されておる。無役でいたところで、躬が将軍を辞めるときには、一緒にはじき出されるのだ。あきらめて、身分と禄に応じた仕事をいたせ」

厳しく吉宗が命じた。

将軍からそこまで言われて、旗本が拒めるはずもなかった。

「承知いたしましてございまする」

聡四郎は手をついた。

第二章　砂の天下

一

藩主を将軍に出した紀州家の跡継ぎは、吉宗の血統ではなくなった。吉宗が将軍になったため、その子供たちは将軍連枝《れんし》として、江戸城へ移ったからである。

紀州徳川家を継いだのは、西条松平《さいじょうまつだいら》の二代藩主頼致《よりよし》であった。

西条松平は、紀州藩初代藩主徳川頼宣《よりのぶ》の三男頼純《よりずみ》が、三万石を与えられて分家した紀州家の支藩である。

頼致は、頼純の四男であったが、長兄頼路《よりみち》、次兄頼廉《よりかね》が早世《そうせい》、すぐ上の兄頼雄《よりかつ》が病気療養のため世継ぎの座を降りたことで、西条松平の二代藩主となった。

紀州二代光貞の四男であった吉宗が、やはり長兄たちの死や仏門入りによって三代藩主となったのと似ている。さらにそこから本家の跡継ぎとなったのまで同じであった。

また頼致は天和《てんな》二年（一六八二）の生まれで、貞享《じょうきょう》元年（一六八四）生まれの吉宗と二歳の差しかない。

吉宗と頼致の境遇は瓜二《うりふた》つであった。

「余が天下を欲してもおかしくはなかろう」

赤坂喰違《あかさかくいちがい》の紀州藩上屋敷で徳川従三位左近衛権中将頼致が、低い声を出した。

「おかしくはございませぬ。上様が神君《しんくん》家康公の曾孫ならば、殿も曾孫。神君家康公から見れば、同格でございまする」

同意したのは紀州家付《つ》け家老《がろう》で新宮《しんぐう》城主水野大炊頭忠昭《みずのおおいのかみただあき》であった。

水野大炊頭の家は複雑であった。

出は、家康の母お大《だい》の方《かた》の実家である。新宮水野家の初代重央《しげなか》は、徳川家康と従弟《いとこ》になる。駿府《すんぷ》にいた家康の近侍《きんじ》であった重央は、その要請を受けて頼宣の傅育となり、常陸《ひたち》にて一万石を与えられた。

後に重央は、家康から駿河《するが》を譲られた頼宣の家老として浜松《はままつ》城主となり、頼宣の紀州転封に伴って新宮へと移った。石高も一万石から三万五千石へと増えたが、よいことばかりではなかった。

家格を落とされたのであった。

徳川家康が天下を取り、江戸に幕府を作ったことで、侍の身分は大きく二つに分かれた。将軍に直接仕える直臣と、その家来である陪臣である。直臣と陪臣の壁は厚い。

陪臣は直臣に対し、いつも一歩下がって接しなければならなかった。また陪臣は、どれほど石高が多くとも、将軍に目通りすることはできなかった。

水野家は、付け家老となったため、直臣から陪臣へと身分を下げられた。

なにせ徳川の天下なのだ。

将軍家直臣は肩で風を切って歩き、陪臣は道を譲らなければならない。肩身の狭さはかなりである。

重央の水野家は、本家ではなく分家であったが、それでも家康と近い血族だったのだ。それがかつては同輩であった者、あるいは目下であった旗本たちに遠慮しなければならない。

その屈辱《くつじょく》は、名をたいせつにする武士にとって、耐え難いものであった。

事実、水野家二代重良《しげよし》は、小禄でよいから直参《じきさん》旗本として仕えたいと父重央の死後家督《かとく》を継ぐことを拒み、二年間、水野家は藩主のいない状態となった。通常ならば、このようなわがままは許されるはずもなく、本来ならば水野家はお取りつぶしになるのだが、なんの咎《とが》めもなく、相続が許された。

これには、家康が、重央を陪臣とするときに、末代まで譜代として取り扱うとの約束をしたことと、すでに陪臣であったため、直接幕府から罰を与えるべきではないとの考えがあったためとされている。

無事家督相続できたのは吉事であったが、その裏にあるのは、水野家は幕府の直轄ではないという冷酷な宣言でもあった。

「しかし、上様も情のないお方よな。分家から本家へ入るとき、股肱《ここう》の臣《しん》を連れて行くのが慣例。それをお庭番と側役を数名だけしか幕臣にせず、大炊頭ら家老たちをそのまま残していくとはの」

頼致が首を振った。

「余はそのような心の狭いまねをせぬぞ。余が江戸城の主《あるじ》になったとき、紀州藩士は皆、直臣とする」

「お心の広い。宗直さまこそ、天下の主にふさわしい」

水野大炊頭が褒《ほ》めた。

「ふふふ」

満足そうに頼致あらため宗直が笑った。

「……だが、それにはせねばならぬことがある」

「はい」

表情を引き締めた宗直へ、水野大炊頭がうなずいた。

「吉宗とその子を排除せねば、余の出番はない」

「わかっておりまする」

「手はあるか」

「吾が領地新宮は、熊野権現《ごんげん》に近うございまする」

「熊野権現……それがどうだというのだ。まさか、神頼みなどと申すのではなかろうな」

宗直が疑わしい眼差《まなざ》しを水野大炊頭へ向けた。

「神頼み……ある意味そうかもしれませぬな。熊野神官《しんかん》をご存じございませぬか」

「知らぬな。聞いたこともない」

水野大炊頭の問いに宗直が首を振った。

「熊野神宮の修繕費用を集めるために各地を渡り歩いた神官たちのことでございま

する」

「そのような者が役に立つのか」

宗直が疑問を呈した。

「平安の時代からずっと続いておりまする」

「……戦国乱世《らんせ》でもとぎれなかったのか」

理解した宗直が目を見開いた。

「はい」

「ううむう」

宗直が唸《うな》った。

「集めた金をもって、乱世を熊野まで帰る。それがどれほど困難なことか、余でもわかる」

「はい。その者どもを遣いまする」

大きく水野大炊頭が首肯した。

「遣うといってもどうするというのだ」

自信ありげな水野大炊頭へ宗直が問うた。

「紀州におられたころから、上様はよく城からお出かけになられました」

「ほう」

紀州から海をこえた四国西条にいた宗直は、吉宗の行動など知ってはいない。宗直が、驚いた。

「それは今でも変わらぬそうで、よく鷹狩《たかが》りへ出かけられるとか」

「らしいの」

吉宗の鷹狩り好きは有名であった。五代将軍綱吉による生類憐《しょうるいあわ》れみの令《れい》以降禁止されていた鷹狩りを復活させただけでなく、忙しい政《まつりごと》の合間を縫っては、楽しんでいた。

「聞けば、大名たちも鷹狩りを始めたという」

宗直が述べた。

「当然でございましょう。上の好むを下はまねると言いまする。上様が鷹狩りを催されるなら、まねしようとする者は出ましょう。ご機嫌取りによろしゅうございますから」

水野大炊頭が笑った。

「鷹狩りに出てきたところを襲うか」

「……ご明察《めいさつ》でございまする」

下から窺《うかが》うような目で宗直を見上げて、水野大炊頭が認めた。

「警固は厚いぞ」

「所詮《しょせん》、戦いを知らぬ旗本でございまする。真剣を振ったこともないような者、障害にもなりませぬ」

宗直の危惧《きぐ》を水野大炊頭が一蹴《いっしゅう》した。

「そういうが、熊野神官どもも人を殺したことなどなかろう」

「なければ、させればよいだけのこと」

水野大炊頭が小さく笑った。

「なにをする気だ」

思わず、宗直が引いた。

「死罪を待っている下手人どもを始末させればよろしゅうございまする」

「……下手人か」

下手人とは、死罪に匹敵《ひってき》する罪を犯した者を指す。水野大炊頭は、熊野神官に死罪人の首討ちをさせよ、と述べた。

「新宮の牢《ろう》に下手人が何人かおりますれば……足らなければ、和歌山の下手人も遣わせていただければ」

「死罪人を殺すか。それならばよい」

肩の力を抜いて宗直が認めた。

「他にもあてはございまする」

「あてだと」

まだあるのかと宗直が驚愕《きようがく》した。

「殿はご存じないやも知れませぬが、吾が新宮の特産に炭がございまする。その炭は火持ちが良く、他のものとは比べものになりませぬ。おかげさまで、あちらこちらで好評なのでございまする。ただ、それを妬《ねた》んだ者が、我が藩の炭の製法を知ろうとやってくるのでございまする」

「技を盗みに来ているというわけか」

「はい」

「密《ひそ》かに始末しているのだな」

宗直が水野大炊頭の言葉を理解した。

「これ以上は聞かぬ。任せる、余を押しあげてくれるように。余が将軍となったならば、紀州藩の付け家老どもは譜代大名として、独立させる。大炊頭、そなたには浜松で十万石を与え、執政としよう」

「お約束いたしましたぞ」

水野大炊頭が、念を押した。

二

御広敷用人の仕事は、大奥に入った将軍の日常を司《つかさど》ることである。といって、男子禁制の大奥へ出入りはできない。結局のところ、何もできないに等しかった。

「水城聡四郎でござる。御広敷用人を仰せつかった。よしなにお願いする」

任命を受けてから三日目、聡四郎は御広敷へ初見の挨拶《あいさつ》に来ていた。

「御広敷番頭《ばんがしら》、武藤矢兵衛《むとうやへえ》でございまする」

壮年の旗本が最初に名乗った。

御広敷番頭は、御広敷用人ができるまで、御広敷を仕切っていた。持高勤めで、百俵に満たない者は、百俵に足された。役料は二百俵、定員は十名、二人ずつで一日一夜の務めをおこない、大奥の警衛、営繕《えいぜん》、女中たちの出入りなどを監督した。

下僚《かりよう》として御広敷添番《そえばん》、御広敷伊賀者《いがもの》、進上番《しんじようばん》、下男頭《げなんがしら》、小人《こびと》、小遣《こづか》いの者らがあった。

「御広敷伊賀者組頭、藤川義右衛門《ふじがわぎえもん》にございまする」

骨と皮のように痩《や》せた男が、続けた。

御広敷伊賀者は、三十俵三人扶持《ぶち》で、大奥の警備を担当する。定員は六十名内外、三組に分かれ、当番、宿直番《とのい》、非番を繰り返した。

「知っていると思うが、拙者《せつしや》は勘定吟味役を引いて寄合となっていたところを、上様よりお役を命じられた。御広敷と大奥についてはなにも知らぬ。なにかと教えてくれ」

聡四郎は頭を下げた。

「おまかせくださいますよう」

武藤が首肯した。

「頼む」

「その前に、一つお聞かせ願いたい」

藤川が、聡四郎を見た。

「これ、わきまえぬか」

無礼に近い藤川の態度に武藤があわてた。

「いや、なんでござろう」

聡四郎は、武藤を制した。

「失礼ながら、水城さまは、どのお方さまの御用人となられたのでございましょうや」

藤川が問うた。

御広敷用人は、大奥に住まう御台所や、側室、将軍の子供の誰かにつくのが通常である。吉宗には御台所がいない。側室も大奥へ連れてきていない。子息も長男の家重《いえしげ》は、西の丸へ入り、次男の小次郎が大奥にいるだけなのだ。これ以上用人が要るとは思えない。

「拙者は上様付きの用人である」

「上様付きの……」

「…………」

答えを聞いて、二人が絶句した。

「し、しかし、上様付きの御用人など前例がございませぬぞ」

武藤が首を振った。

「前例がなくともやらねばなりませぬ。上様のご命でござる」

聡四郎は断言した。

「で、一体なにを」

驚きのまま、武藤が訊いた。

「上様の仰せは、躬が安心して大奥で過ごせるようにいたせとのことであった」

「安心して……」

武藤が唖然《あぜん》とした。

「大奥が安心できぬと上様はお考えか」

「拙者はなんとも申せませぬ」

大奥の警衛を与かる御広敷番頭が任を果たしていないと言われたも同然なのだ。それに聡四郎は同意をするわけにはいかなかった。これから共に仕事をしていくのである。いきなり関係にひびを入れるのは避けるべきであった。

「我らはどういたせばよろしいか」

黙って聞いていた藤川が、尋ねた。

「伊賀者同心《どうしん》もなかへは入れぬのでござるか」

聡四郎が確認した。

「大奥へ男が入るときは、見張り役として同道いたしまする」

藤川が答えた。

「では、上様のお見えのせつも」

「いいえ。上様のお出でにはお供《とも》いたしませぬ。我ら御広敷伊賀者は、この御広敷にある七つ口、下のご錠口《じょうぐち》をつうじてしか大奥へ入ることはできませぬ。上様は、中奥と大奥を結ぶ上のご錠口をお使いになられまする。我ら伊賀者は、上のご錠口へ近づくだけの格を与えられておりませぬゆえ」

質問された藤川が述べた。

伊賀者同心は譜代席ではあるが、お目見え以下である。

「では、上様が大奥へ入られたときの警固は……」

「別式女《べっしきめ》が担いまする」

武藤が告げた。

「女武芸者《おんなぶげいしや》でござるか」

「それぞれに長刀や小太刀《こだち》などを身につけ、なまじの男どもよりも強うございまするぞ」

御広敷番頭は、別式女たちと触れあう機会も多い。武藤が吾がことのように自慢した。

「…………」

無言で聡四郎は、武藤の後ろに控えている藤川へ目をやった。

聡四郎が見たことに気づいたのか、ほんの少し藤川が口の端《は》をゆがめた。

「さようでござるか」

藤川の様子から、聡四郎は別式女がほぼ役に立たないと理解した。だが、ここで言いつのったところで、どうなるものでもなかった。

「となると、当座、拙者のすることはなにもございませぬな」

聡四郎は立ちあがった。

「本日は顔見せだけのつもりでございましたし、これで失礼いたそう」

「これからよろしくお願い申しあげまする」

見送りに立った武藤が、頭を下げた。


屋敷へ戻った聡四郎は、紅に手伝わせて、常着《つねぎ》へと着替えた。

「どうだった」

聡四郎の帯を締めながら、紅が問うた。

「なにをしてよいのかわからぬのだ。五里霧中《ごりむちゆう》よ。挨拶だけして帰ってきた」

「だと思った」

紅が苦笑した。屈《かが》み込んでいる紅のうなじが、聡四郎の目を釘付《くぎづ》けにし、鬢付《びんつ》けの香りが落ち着きを奪う。

「はい」

最後に軽く帯の上を叩いて、紅が離れた。

「あ、ああ。すまぬな」

すでに夫婦となって長いが、未《いま》だに聡四郎は紅のつややかさに戸惑っていた。

「どうかした」

白湯《さゆ》の用意をしながら、紅が訊いた。

「なんでもない」

書斎の上座《かみざ》へ腰を下ろしながら、聡四郎は意識を切り替えた。

「上様は、吾になにをさせたいのであろう」

「あのお方のお考えをわかろうというのが、無理よ」

湯飲みを差し出しながら、紅が嘆息した。

「人入れ屋の娘風情《ふぜい》を養女にするなんて、ありえる話じゃないもの」

「それはそうだがな」

白湯を一口含んで、聡四郎も同意した。

互いに惹《ひ》かれあっていた聡四郎と紅だったが、一緒になるのは難しかった。聡四郎は五百五十石の旗本、一方紅は江戸城出入りの人入れ屋相模屋の一人娘とはいえ、町人である。聡四郎がまだ御家人ならば、どうということはなかった。町同心《まちどうしん》の妻など、商家出身の者はけっこういる。しかし、目通りできる旗本、それも五百石をこえるお歴々ともなると、そう簡単にはいかない。本人同士はよくとも、親戚などが許さなかった。将軍直臣としての矜持《きょうじ》は庶民の血が入ることを許さない。

もっとも抜け道はあった。紅を、婚姻をなしてもおかしくない格の家の養女とするのだ。こうして体裁を整えれば、表だっての反対は収まる。もっとも、厳しい親戚のなかには、絶縁を告げる者もでてくるが、影響は少なくてすんだ。

江戸城だけでなく、大名や旗本の出入りも多い相模屋伝兵衛である。それ相応の費用はかかるが、娘を養女にしてもらう家には事欠かなかった。

そこへまだ紀州藩主だった吉宗が手を出した。

八代将軍の座を巡って見えない争いをしていた吉宗は、その渦中に巻きこまれた聡四郎を手の者とするべく、紅を養女とした。

御三家の申し出を断ることなどできようはずもなく、紅は実家を出て紀州家の屋敷に移り、そこで嫁入りの修業をしたのち、聡四郎のもとへと嫁《とつ》いできた。

もとは町人の娘とはいえ、御三家の養女ともなると、うるさい親戚筋も反対できようはずもない。

ましてや、吉宗はその後将軍になったのだ。形だけとはいえ聡四郎は将軍の娘婿であった。

「それにしても、あなたに女の相手なんて……」

白湯のお代わりを用意しながら、紅があきれた。

「剣術をさせれば、ちょっと引けを取らないあなたに、刀の遣えない相手を御せないどと、無茶《むちゃ》にもほどが……」

「あの上様のことだ、きっとなにか裏があるのだろうな」

妻の言葉を聡四郎は引き取った。

「吾を表に出し、そちらに注意を引かせておいて、その隙《すき》に裏から攻められるおつもりではないかな」

「囮《おとり》というわけ」

きっと紅がまなじりをつり上げた。

江戸中の人足を握っていたに近い相模屋の娘である。気が強くなくてはやっていけない。聡四郎の妻となり、五百五十石の奥方となっても、その気性は変わっていなかった。

「そう怒るな。旗本は上様のためにあるのだ」

「あいかわらず、人が良すぎるわ」

大きく紅が嘆息した。

「わかっておられると思っておりまするが……」

紅が口調をかえた。紀州家で御三家の姫にふさわしいだけのしつけを受けさせられた紅である。武家口調や作法など、なんなくできる。

「無茶はなされませぬように」

武家の妻らしく、指をついて頭をさげた。

「勘弁してくれ」

聡四郎は、手を振った。

「そなたにそうされると、別人と居るようで落ち着かぬ」

当初聡四郎を浪人者と勘違いしていた紅は、会ったときから伝法《でんぽう》な態度で対応していた。聡四郎が旗本だと知ってからも、紅はずっと変わらなかった。

その紅を気に入ったのだ。表だけ取《と》り繕《つくろ》うようなまねは、耐えられなかった。

「もし、昔のように自らのお身体をかえりみられぬようなまねをなさったならば

「……」

紅が指をついたまま、じっと聡四郎を見た。

「死ぬまで、続けてさしあげまする」

「……気をつける」

一度言い出したことを紅は守る。聡四郎は首肯した。

「殿」

居間の外から声がかかった。

「開けてよいぞ」

「ごめん」

聡四郎の許しを得て、顔を出したのは、家宰《かさい》を務めている大宮玄馬であった。御家人の三男であった大宮玄馬は、剣の兄弟子であった聡四郎に誘われて、水城家の臣となっていた。

「お客さまがお見えでございまする」

「客だと。どなただ」

「藤川さまとお名乗りになられておられまするが」

「……藤川。わかった。客間へ通してくれ。あと茶をな」

「はい」

大宮玄馬が一礼して下がっていった。

「藤川さま。聞いたことのないお名前だけど」

紅が首をかしげた。水城家の交際は狭い。聡四郎を訪ねてくる者のことならば、紅は把握していた。

「当然だ。今朝会ったばかりだからな」

「お役目の……」

「ああ。御広敷伊賀者同心組頭だ」

聡四郎が説明した。

「なんの用かはわからぬが、会ってみればすむことだ」

脇差《わきざし》を差しただけで、聡四郎は客間へ出た。

「不意におじゃまをいたしまして」

客であっても藤川の身分は御家人でしかない。客間の下座で藤川が待っていた。

「いや、こちらこそお待たせした」

聡四郎は上座へ腰を下ろした。

「あらためて御広敷御用人ご就任おめでとうございまする」

藤川が一礼した。

「お祝いかたじけなく。これからいろいろとお世話になると思う。よしなにお願いする」

御広敷でのやりとりを二人は礼儀として繰り返した。

「さっそくでございまするが……」

用件を藤川が切り出した。

「上様はなにをお考えなのでございましょうや」

藤川が訊いた。

「どういうことか」

問いの意味を聡四郎は尋ねた。

「水城さまは、上様のご養女をお娶《めと》りになっておられる」

「うむ」

事実である。聡四郎は首肯した。

「なにより、水城さまは、かつて紀州藩主だった吉宗さまのお味方をされた」

「……した覚えはないのだがな」

聡四郎は苦笑した。

七代将軍家継の危篤を受けて始まった八代将軍の座争いは、激しいものであった。刺客《しかく》のやりとりなど当たり前のようにおこなわれていた。その一つにかかわった聡四郎は、吉宗の危機を救う形となった。

「失礼ながら、おわかりではないのか」

藤川が聡四郎を見上げた。

「わかってはおる。拙者が上様の手駒の一つだということくらいはな」

「ならば、なされることもわかっておられましょう」

「わからぬ。あのお方はなにもお話しになられぬ。ただ、大奥で安らげるようにいたせとの命じゃ」

「…………」

聞かされた藤川が沈黙した。

「おじゃまをいたしましてございまする」

しばらくして、藤川が立ちあがった。

「少し出てくる」

藤川を見送った聡四郎は、書院にいた紅へ告げた。

「どちらへ」

「舅《しゅうと》どののところへな」

聡四郎は太刀を腰に帯びて、屋敷を出た。

江戸城への人足《にんそく》手配を一手に引き受けている相模屋は、江戸でも有数の人入れ屋であった。といったところで、商品を置いておくわけではなく、店構えは小さい。知らなければ、ここが相模屋だと気づかずに通り過ぎかねない。

「おられるか」

小さく相模屋と書かれた戸障子を開けて、聡四郎は相模屋の土間へ入った。

土間続きの板の間で帳簿を見ていた番頭が、あわてて立ちあがった。

「これは、殿さま」

「舅どのは」

「あいにく、大川《おおかわ》の現場へ出ておりまする。すぐに人をやりまするので、しばし、奥でお待ちを」

番頭の目配せを受けた若い奉公人が走り出ていった。

「あがらせてもらおう」

勝手知ったる妻の実家である。聡四郎は遠慮なく、奥へと入った。

相模屋伝兵衛の居室は、大きな長火鉢《ながひばち》を中央にすえ、その後ろに神棚が作り付けられていた。

聡四郎は長火鉢の手前に腰を下ろした。

「お茶をお持ちしました」

若い女中が、茶菓を捧げてきた。

かつて相模屋に女っ気は紅一人であった。早くに妻を亡くした相模屋だったが、娘のことを考えたのか、後添えをもらおうとはしなかった。紅も父の心遣いを感じていたのか、家事全般はもとより、家業の手伝いを苦にせずおこなっていた。

その一人娘の紅が聡四郎へと嫁いだのである。女っ気を失った相模屋が、家事をさせるために女中を雇ったのも当然であった。

茶が冷めきるまえに、相模屋伝兵衛が帰ってきた。

「急がせたか」

聡四郎が詫びた。

「いえいえ。そろそろ終わりでございましたので」

相模屋伝兵衛が首を振った。

「ご無沙汰《ぶさた》をいたしておりまする」

舅への礼として、聡四郎はていねいに挨拶をした。

「このたびはお役にお就きになされたとのこと。まことにおめでとうございまする」

受けて相模屋伝兵衛が祝いの口上を返した。

「酒の用意を頼むよ」

相模屋伝兵衛が、女中に命じた。

「はい」

女中が下がっていった。

「言わなければ、動いてくれないというのは、なかなか不便なものでございますな」

「申しわけない」

一人娘を嫁に娶った聡四郎が詫びた。

「いやいや、恨み言ではございませぬ。あのような俠《きゃん》な娘をよくぞ貰ってくださったと感謝しておりまする。今のは、雇われている者というのは、己で考えてなにかしようとはしないものだなという……まあ、ぐちでございますな」

あわてて相模屋伝兵衛が否定した。

「それはいたしかたのないことでございましょう。勝手に手配をして、主人に叱《しか》られては、奉公人としては、困りましょう」

聡四郎が弁護した。

「しかし何から何まで言わなければならないというのは面倒でございますよ。一度経験したことならば、そのとおりに繰り返してくれるだけでよいので」

相模屋伝兵衛が不満を続けた。

「吉宗さまならば、勝手に動く手足など要らぬと仰せられましょう」

「同意しにくいことを」

婿の口から出た言葉に、何とも言えない顔を相模屋伝兵衛がした。

「お待たせをいたしました」

女中が膳を持ってきた。

「なにもございませんが」

膳の上には、佃煮《つくだに》と焼いた味噌が載っていた。

「馳走《ちそう》になりまする」

遠慮なく聡四郎は箸を伸ばした。

「御用の趣《おもむき》は」

少し経《た》ってから相模屋伝兵衛が訊いた。

「お伺いごとがござって。義父上、こちらで大奥へ女中を扱われたことはございまするか」

「大奥ならば、ございまする」

「ござるのか」

思わず聡四郎は身を乗り出した。

「と申したところで、大奥のお女中方の雑用をする御末でございますがね」

相模屋伝兵衛が語った。

「詳細を教えてくれまいか」

「よろしゅうございまするが、たいした話ではございませぬ。江戸城の出入りを許されているとは申せ、さすがに大奥と直接お取引はいたしておりませぬ。わたくしどもが斡旋《あっせん》させていただくのは、大奥へ女中としてあがられる旗本のお姫さまや、豪商のお嬢さまがたについてご奉公する者でございまして」

「旗本や豪商ならば、実家に女中くらいおろうに」

わざわざ新しい人を雇う意味があるのかと、聡四郎は首をかしげた。

「それはまずいのでございますよ」

笑いながら相模屋伝兵衛が続けた。

「実家の女中というのは、お姫さま、お嬢さま大事に凝り固まっておりますから、他の女中がたと軋轢《あつれき》を起こしやすいので」

「なるほど。大奥ではいろいろな嫌がらせがあるという。それにいちいち嚙《か》みついていたのでは、角《かど》が立つ。生意気と言われれば、いじめられ、ことと次第によっては、大奥から追い出されることにもなる」

「はい。そういうことにならないよう、世慣れた者をつけてやるのでございまする。もと大奥の御末で嫁入りなどで辞めた女などが人気でございますな」

相模屋伝兵衛が述べた。

「そういう女中の話を聞きたいのだが」

「難しゅうございましょうなあ」

小さく相模屋伝兵衛が首を振った。

「大奥の女中たちは、皆、生涯不言の誓詞《せいし》を入れまするので」

「ううむう」

聡四郎はうなった。

「将軍の男の部分を見るのだ。当然なのだろうが……」

「お役に立てませず」

相模屋伝兵衛が頭を下げた。

「いや、無理を申したは拙者でござる。申しわけござらぬ」

ていねいに聡四郎は詫びた。

「ところで、水城さま」

話を相模屋伝兵衛が変えた。

「まだ紅のお腹《なか》に子は宿りませぬか」

「……あいにく」

聡四郎が小声で応えた。

「急《せ》かすわけではございませぬが、そろそろ」

「これぱかりは、確約いたしかねまする」

聡四郎が困った顔をした。

三

夕餉をともにと言う相模屋伝兵衛と別れて、聡四郎は店を出た。

「意外と長くお邪魔したようだ」

すでに日は暮れていた。

屋敷のある本郷御弓町に帰るには、湯島聖堂《ゆしませいどう》、加賀《かが》藩上屋敷の前を通っていかなければならなかった。

湯島聖堂は幕府儒学者《じゅがくしゃ》である林大学頭《はやしだいがくのかみ》の私邸にある孔子廟《こうしびょう》である。五代将軍綱吉が林家を手厚く庇護《ひご》したことで、幕臣《ばくしん》たちの崇敬《すうけい》を集めた。

私邸のなかにあるだけに、暮れ六つ（午後六時ごろ）の閉門を過ぎると、まったく人通りはなくなる。

「……はっ」

殺気を感じて足を止めた聡四郎は、脇差を抜き撃った。甲高《かんだか》い音と火花が散って、足下《あしもと》へ何かが落ちた。

「手裏剣《しゅりけん》か」

手応えから聡四郎は推測した。

「忍《しのび》に恨まれる覚えはありすぎて困る。できればどこの者か名乗って貰いたい」

油断なく身構えながら、聡四郎は林家の塀《へい》の上へ話しかけた。

「…………」

無言で手裏剣が襲来《しゅうらい》した。

「やはりな」

そのすべてを聡四郎は叩き落とした。

「忍は口を開かぬな」

聡四郎は足下に散らばった手裏剣へわざと目を落とした。

「これを御広敷伊賀者へ見せれば、少しはわかろう」

「…………」

あからさまに空気が変わった。殺気が一層濃くなった。

「飛び道具は便利だが、証《あかし》を残す。これで拙者を倒せても、残された傷口で、どのような武器が遣われたかわかるのだ。目付《めつけ》をなめるなよ」

旗本にかんする事件事故などは、目付が担当した。目付は千石高、旗本のなかでも俊英《しゅんえい》と呼ばれる者でなければ務まらず、功績を重ねて長崎奉行《ながさきぶぎょう》、勘定奉行などへ栄進《えいしん》していった。

「人死にが当たり前だった戦国の昔ではない。太平の世に旗本が手裏剣で殺されてみろ、幕府は大騒ぎになるぞ」

厳しい口調で聡四郎は続けた。

「さてどうする。まだやるというならば、こちらも本気になるぞ。すでにお前の居場所はわかっている」

今度は聡四郎が殺気を放った。

「……つっ」

林家の塀の上に潜んでいた忍がうめいた。

「はっ」

鋭い気合いを聡四郎は発した。

「………」

ふっと忍の気配が消えた。

「行ったか」

しばらく警戒した聡四郎は、大きく息を吐いた。

「平穏の日々はやはり終わったか」

聡四郎は足下に散らばっていた手裏剣を拾いあげた。

「棒手裏剣とかいうやつだな」

五寸（約十五センチメートル）ほどの長さと箸ほどの太さを持つ鉄棒の端を鋭く尖《とが》らせている。聡四郎は一本だけ懐《ふところ》へしまい、残りを神田川へ捨てた。

屋敷へ帰った聡四郎を大宮玄馬が出迎えた。

「お帰りなさいませ……」

一礼した玄馬が、顔を引き締めた。

「殿、なにかございましたか」

わずかに残った殺気に大宮玄馬が気づいた。

「忍に襲われたわ」

聡四郎は手裏剣を出して見せた。

「これは……」

大宮玄馬が息を呑《の》んだ。

「なんとか説得したが……お役目に復帰するなりこれだ」

苦笑を聡四郎は浮かべた。

「屋敷の守りを固めまする」

「無駄だ。忍が入りこむのは防げぬ」

やめておけと聡四郎は首を振った。

「明日、これを上様へお目にかける。ことしだいによっては、お役を退く」

「承知いたしましてございまする」

強く大宮玄馬が首肯した。

「頼んだ」

聡四郎は大宮玄馬に笑いかけた。


「遅かったのね」

屋敷のなかでは紅が手ぐすねを引いて待っていた。

「義父どのと話がはずんでしまってな」

「なにかまた、危ないことをしているのではないでしょうね」

疑いの目で紅が見た。

「なにをしているというのだ」

あきれた口調で聡四郎は首を振った。

「ならばいいけど」

まだ疑いの眼差《まなざ》しで紅が聡四郎を解放した。

「それより、義父どのより、子はまだかと言われたわ」

「もう。なにを」

紅が頬を染めた。

翌朝、登城した聡四郎は吉宗へ目通りを願った。

かつては小姓組頭が取り次いだ面会を、今はお側御用取次が担当するように変わっていた。

「お目通りを許されまする。庭で待つようにと」

お側御用取次の指示で、聡四郎はお休息の間に続いている庭へ出た。

「お庭番どのよ」

聡四郎は、お側御用取次が去っていくのを待って、呼びかけた。

「…………」

気配もなく、聡四郎の背後にお庭番が現れた。

「今から上様に見ていただくものがある。暗器《あんき》の一つでござる」

「出していただこう」

感情のない声でお庭番が手を出した。

「これでござる」

聡四郎は、手裏剣を渡した。

「どこで……」

お庭番が問うた。

「その子細《しさい》も上様へ申しあげる」

そのまま聡四郎は黙った。

「待たせたな」

小半刻《こはんとき》（約三十分）ほどして、吉宗が来た。

「馬場《ばば》、どうした」

お庭番が姿を見せていることに、吉宗が驚いた。

「わたくしがお願いいたしました」

聡四郎が理由を述べた。

「どれだ」

吉宗が馬場に命じた。

「お手を触れられませぬよう」

手を伸ばした吉宗を馬場が制した。

「手裏剣か。襲われたか」

すぐに吉宗が理解した。

「はい、昨夜《さくや》」

一部始終を聡四郎は語った。

「ふむ」

吉宗が苦い顔をした。

「四郎右衛門《しろうえもん》」

うながすように吉宗が馬場へ顔をやった。

「伊賀者が遣う棒手裏剣でございましょう」

淡々と馬場が告げた。

「……伊賀者か」

すっと吉宗の声が低くなった。

「役に立たぬだけではなく、じゃままでしてくれるか」

「上様」

「水城」

吉宗が聡四郎を見た。

「うまく納めてみせよ」

どうしろとも指示せず、吉宗が命じた。

「…………」

聡四郎は返答できなかった。

「本日は大奥へいかぬ。下がっていい」

吉宗が手を振った。

「ごめん」

主君に退出を求められての抗弁は不敬《ふけい》になる。聡四郎は大人《おとな》しくその場を去った。

「四郎右衛門」

「はっ」

残った吉宗が、お庭番を目で招いた。

「一人だったということは……」

「試しでございましょう。どのていど遣えるか。もっとも手裏剣を投げていることからもわかりますように、死んでもかまわないと思ってはおったでしょうが」

感情のこもっていない声で馬場が答えた。

「躬の選んだ者の試しをする。伊賀者とは偉いものだ」

小さく吉宗が笑った。

「戦国最強の忍と自負しているようでございまする」

「それが、今は大奥で女の小間使いではないか」

「……生き延びるためには、いたしかたございませぬ」

馬場が述べた。

「いかがいたしましょう。伊賀者へ警告を出しておきまするか」

「いいや。水城に任せたのだ。やらせてみよう。大奥は勘定方よりも難しい。それを見事こなせれば、さらに上を任せられる。遣える者は一人でも欲しいからの」

吉宗が笑いを消した。


吉宗のもとから下がった聡四郎は御広敷へ出た。

大奥と表をつなぐ御広敷には、結構な数の役人がいた。

五百石高、役料三百俵で御広敷の事務すべてを支配する御広敷用人、持高勤め役料二百俵の御広敷番頭の二人が、役方《やくかた》と番方《ばんがた》の長を務める。二百俵高で御広敷の調度《ちょうど》類の購入を担当する御広敷用達《ようたし》、百俵高持扶持で大奥出入りの人やものを確認する御広敷添番、七十俵高の御広敷侍は老女の使者と外出の供をする。

他に御広敷用人の右筆《ゆうひつ》役三十俵二人扶持の御広敷御用部屋書役《かきやく》、二十俵二人扶持で奥女中あてへ届けられる手紙やもの、逆に奥女中が出す手紙やものなどをあらためる御広敷御用部屋伊賀格吟味役などがいる。

それらのもっとも下に御広敷伊賀者がいた。

もちろん、より身分の低い、陸尺《ろくしやく》、仕丁《じちよう》、小人《こびと》、下男などもいるが、侍身分での最下級は伊賀者であった。

「藤川どのをこれへ」

聡四郎は用人部屋まで御広敷伊賀者組頭の藤川を呼んだ。

「なにかご用でございましょうや」

藤川が廊下に膝をついた。

「そこでは話が遠い。なかへ入られよ」

「ごめんを」

首肯して藤川が、聡四郎から畳三枚ほど離れたところに腰を下ろした。

「それでは密談できませぬぞ」

「この部屋に聞き耳を立てておる者はおりませぬ。おれば、報せが参りますれば」

配下の伊賀者が警戒していると藤川が言った。

「なるほど」

納得した聡四郎は、懐から手裏剣を取り出した。

「これを返しておこう」

「…………」

感情のこもらない目で藤川が聡四郎を見た。

「あのていどで、遣い手といわれるのか、伊賀者は」

聡四郎は問うた。

「なにを仰せなのかわかりかねまする」

顔色も変えず、藤川がとぼけた。

「そうか。それならばいい。しかし、これでは、御広敷の警備を替えるよう上様へ申しあげねばならぬ」

「なぜでございましょう」

藤川が訊いた。

「拙者一人を仕留められぬのだ。上様のお命を害したてまつろうとする不逞《ふてい》の輩《やから》に敵《かな》うとは思えぬ」

「御用人さまがなにを仰せなのか理解できませせぬ」

「わかった。もうよいぞ」

聡四郎は話を終えた。藤川が答えないというのは予想していた。

「御用人さまは……」

「本日は上様のお渡りがないとのことであるが、職務を覚えねばならぬ。しばし、大奥の出入りを見てから帰る」

告げて聡四郎は、七つ口へと席を替えた。

「これは御用人さま」

七つ口を監督する御広敷添番が、あわてて腰を上げた。

「そのままでいてくれ。このなかでもっとも新しいのだ。少し見せてもらうだけだ。気を遣わぬように」

聡四郎は手を振った。

「では、お言葉に甘えまする」

御広敷添番が任に戻った。

大奥への人やものの出入りは、思ったよりも多かった。まさに、ひっきりなしに商人が現れては、ものを納めていく。

また大奥の注文をまとめた女中が、七つ口まで来て御広敷用達へ話をする。

「あれは」

下男風の男が大奥へ入っていくのに聡四郎は気がついた。

「ああ、あれは五菜《ごさい》でございまする」

御広敷添番が答えた。

「ご存じなくて当然でございまする。五菜とは大奥女中のなかで役職に就いている者たちが雇う下男でございまする」

「大奥へ入ってもよいのか」

驚いた聡四郎は確認した。

「はい。五菜は特別に許されておりまする。大奥でも男手が要りようなときがございますので。箪笥《たんす》や長持ちの移動、重いものの購入、雨漏りの修繕など」

「なるほどの」

説明に聡四郎は納得した。

「もちろん、いかに五菜といえども、単独で大奥へは入れませぬ。出入りには、かならず伊賀者が一人付き添いまする」

「見張りか」

「はい」

御広敷添番が、うなずいた。

「お手数をとらせた」

言い残して聡四郎は、下城した。

四

「おかえりなさい。早いけど、いいの」

昼前に帰邸した聡四郎に、紅が驚いた。

「することがなければ、いても無駄だ」

聡四郎は首を振った。

「上様には……」

「お目通りしたが、任せると仰せられただけで、なにもお命じにはなられなかった」

裃《かみしも》をはずしながら聡四郎は嘆息した。

「困ったものだこと」

紅もため息をついた。

「道場にでも行かれてはいかが」

着替え終わった聡四郎に、紅が言った。

「そうだな。役目に就いた報告もしておらぬし」

聡四郎はうなずいた。

「少し待って。手土産を用意するから」

紅が奥へと入った。

「これを持っていって」

「ああ」

差し出された土産を受け取って、聡四郎は屋敷を出た。

聡四郎の剣術の師匠は入江無手斎であった。一放流《いっぽうりゅう》という無名に近い流派の小さな道場主だが、知る人ぞ知る達人であった。

代々勘定方の役目を筋としている水城家の四男だった聡四郎は、どうしても算盤になじめず、剣術へ傾倒した。家は長男が継ぎ、すでに次男、三男も他家へ出た。残された聡四郎も兄が嫁をもらう前に、養子口を探さなければならない。金勘定ができないのならば、せめて剣術だけでもと、聡四郎は修行を重ね、免許皆伝を受けるところまでいった。

その直後、病で長兄が急死、聡四郎に家督が回ってきた。

旗本には、筋というのがある。先祖代々受け継いできた役目のことで、大番組《おおばんぐみ》など武を張る家を番方、勘定方のような文で仕える家を役方と呼び、番方から役方、役方から番方がでることはまずなかった。

だが、役方の家に、番方をこえる剣術遣いが誕生した。これに目を付けたのが、六代将軍家宣の寵臣《ちょうしん》新井白石であった。

五代将軍綱吉によって乱れた世を建て直すため、家宣は新井白石を登用、幕政の改革を任せた。

新井白石は、まず幕府の財政をほしいままにしていた勘定奉行荻原近江守重秀を排そうとした。しかし、勘定方の頂点である勘定奉行にさからうだけの力を持った役人はおらず、荻原近江守の力を削《そ》ぐことはできなかった。そこで新井白石は、勘定方の役目に就けるに問題なく、荻原近江守の影響を受けていない聡四郎を勘定吟味役へ抜擢《ばってき》した。

新井白石の思惑《おもわく》どおり荻原近江守の罪を暴いた聡四郎は、その後も勘定方の絡む陰謀に巻きこまれ続けた。

ときに御三家を、また豪商紀伊国屋文左衛門《きのくにやぶんざえもん》を、そして大奥を敵に回して、聡四郎が生き残れたのは、剣術によるところが大きかった。

入江無手斎の道場は、下駒込村《こまごめ》にあった。

「お出でになられまするか」

聡四郎は道場の扉を開けて訪《おとな》いをいれた。

「その声は聡四郎だな。あがれ」

なかから返答があった。

「ごめんを」

一礼して聡四郎は道場へ入った。

「珍しいの。昼から来るとは」

道場の中央で、入江無手斎が座っていた。

剣術の道場はどこも朝のうちが稽古どきであり、昼からは仕事のつごうで午前中に来られなかった勤番侍か、よほど熱心な者しか来ない。

場末の入江道場に、そんな熱心な門下生などおらず、道場は閑散としていた。

下座へ聡四郎は腰を下ろした。

「奥方はどうしておる」

「おかげをもちまして、健勝にすごしております。これは、妻よりの土産でございまする」

聡四郎は土産を差し出した。

「おう。これは鯊《はぜ》の佃煮ではないか」

受け取った入江無手斎が喜んだ。

「ありがたく受け取ったと奥方に伝えておいてくれよ」

入江無手斎が伝言を頼んだ。

「はい」

「で、子はできたか」

「……まだでございまする」

どこへ行っても同じことばかり訊かれる聡四郎が、頰をゆがめた。

「そなた腰の剣の遣い方は教えなかったが、大丈夫であろうな」

「師……」

聡四郎は咎《とが》めの声をあげた。

「冗談じゃや。まったく、いつまで経っても融通のきかぬ。そんなことでは、大奥なんぞの相手はできぬぞ」

「なぜそれを……」

まだ話していないはずの人事を入江無手斎から聞かされて、聡四郎は目を剝《む》いた。

「儂《わし》には、そなたのことを教えてくれる者がたくさんおるでの」

入江無手斎が笑った。

「玄馬ではないぞ」

「承知しておりまする」

今は家宰をしている大宮玄馬は、もともと入江道場での弟弟子である。剣の才能は、聡四郎を凌駕《りょうが》し、入江無手斎から一放流小太刀の創始を認められていた。

「わたくしの許しなしに、玄馬が話すはずはございませぬ」

命がけでともに戦った大宮玄馬に、聡四郎は全幅の信頼を置いている。

「商人じゃよ」

入江無手斎が種を明かした。

無名の一放流道場にかよう者は、そのほとんどが安い束脩《そくしゅう》に引かれて来ていた。御家人、諸藩の軽輩、そして百姓や商人である。

「……商人でございまするか」

「そうじゃ。昔道場に来ていた安房屋《あわや》を覚えておらぬか」

「安房屋……小間物《こまもの》屋の房次郎《ふさじろう》でございますな」

すぐに聡四郎は思い出した。

「そうじゃ。あの房次郎が、報せてきた」

「はて、小間物屋が……」

小間物屋と幕府役人の任免の関係がわからず、聡四郎は首をかしげた。

「あいかわらず、世俗《せぞく》に疎いの」

あきれた顔を入江無手斎がした。

「おぬしの仕事はなんじゃ。大奥の女どもの面倒を見ることであろうが。衣食住は当然のこと、そこに女の場合小間物などが入り用になろう」

「では……」

理解した聡四郎がおどろいた。

「小間物、呉服などの店は、大奥へものを売るため、その取り締まり場所である御広敷に注目しているということだな」

「されど、よくわたくしが御広敷用人になったとわかりましたな」

小間物屋が御広敷用人の動向に気をやっているのはわかった。だが、誰が御広敷用人になったかなど、公表されていない、それがどうやって知られたのかと、聡四郎は別の疑問を抱《いだ》いた。

「そんなもの、おぬしが上様より任命された瞬間に、日本橋の高札《こうさつ》に張り出されているわ」

「えっ」

意外なことに聡四郎が、驚愕した。

「さすがに高札は冗談じゃが、金で商人に飼われている者がお城のなかにいるということよ」

「なるほど」

商人の恐ろしさは、紀伊国屋文左衛門との戦いで嫌というほど聡四郎は知った。

「まあ、そのようなことは体験してみねばわかるまい」

入江無手斎が居住まいを正した。

「お役目就任おめでとうございざる」

「ごていねいにありがとう存じまする」

聡四郎も背筋を伸ばして受けた。

「さて、せっかく来たのだ。振っていくか」

「お願いできましょうか」

稽古の誘いに聡四郎はうなずいた。

「参れ」

道場の中央で、二人は対峙した。

聡四郎は木刀を右肩に担ぐように構えた。

対して入江無手斎は、左手で木刀を持っているだけであった。

「お願いいたしまする」

一礼した聡四郎は半歩さがって、間合いを空けた。

片手の一撃は、両手より伸びる。肩を入れれば、三寸（約九センチメートル）近く喰いこんでくることもある。もちろん、両手での一撃に比べれば、威力は落ちるが、首の血脈《ちみゃく》などを断つだけなら問題ない。

「……………」

聡四郎は入江無手斎の全身に気を配った。

一放流は戦国の世に、鎧《よろい》で身を包んでいる武者を倒すため編み出された。肩の上に峰を置き、腰を深く曲げて構え、撃つときは、足から腰、そして肩の力までを一気に集約する。

型どおりの構えで、聡四郎は入江無手斎を窺《うかが》った。

ただ立っているような入江無手斎に、聡四郎は圧《お》されていた。

「おうっ」

しかし、稽古なのだ。にらみ合っているだけでは意味がなかった。また、稽古試合では格下から動くのが礼儀でもあった。

少しだけ聡四郎は足を前に出した。

「ふん」

聡四郎の誘いを入江無手斎が鼻先で笑った。

「そのような足運びで、なにが切れる。芋《いも》か、それとも大根か」

入江無手斎が嘲《あざけ》った。

「……むん」

挑発に聡四郎は乗った。左足で踏み切り、右足を大きく前へ出した。肩の力を利用して太刀を跳ねあげるようにして撃った。

「……せい」

下げていた太刀を振りあげて、入江無手斎が聡四郎の一撃をいなした。

「つっ」

鎧さえ断つ一放流の一刀が、触れあった木刀で滑り、その軌道を変えた。

「なんと……」

聡四郎の木刀が流れた。

師相手に手抜きは許されない。聡四郎渾身《こんしん》の一撃を片手だけで受け流した入江無手斎に聡四郎は驚いた。

「ええい」

入江無手斎の木刀が聡四郎の首へと走った。

「くうう」

流れた木刀を思い切り引き戻して、聡四郎は入江無手斎の一刀をかろうじて弾《はじ》いた。

「ほう」

おもしろそうに目を細めて入江無手斎が笑った。

「さび付いているかと思ったが……なかなか」

「玄馬との稽古は欠かしておりませぬ」

聡四郎は、心外だとばかりに応えた。

「ならば、儂も本気を出すぞ」

すっと入江無手斎の表情が消えた。

「…………」

無言で聡四郎は後ろに跳んだ。すさまじい殺気であった。

「遅い」

還暦をこえたはずの入江無手斎が、聡四郎以上の早さで間合いを詰めていた。

「えいっ」

聡四郎は木刀を薙《な》いだ。間合いを確保するための見せ太刀に近いものだったが、十分な勢いをのせていた。

「ふっ」

その下を入江無手斎が潜《くぐ》った。

「参りましてございまする」

鳩尾《みぞおち》に木刀の先を押し当てられた聡四郎が降参した。

「聡四郎につうじるならば、遣えるな」

膝を大きく曲げ、身体を一本の木のように伸ばした入江無手斎が体勢を戻した。

「どうしても片手は軽くなる。頭蓋《ずがい》や肩などを撃っては浅くなり、致命傷を与えられぬからの。急所を一撃で狙うことになる」

入江無手斎が右手を見た。

肘《ひじ》から先が垂れていた。入江無手斎は剣の宿敵であった一伝流浅山鬼伝斎《いちでんりゅうあさやまきでんさい》との真剣勝負で、勝ちを得た代わりに右手の力を失っていた。

「畏《おそ》れ入りまする」

聡四郎は、未だ新しい技の研鑽《けんさん》に挑む師へ、畏敬《いけい》の念をこめた一礼をした。

「では、そろそろお暇を」

道場の片付けをして、聡四郎は入江無手斎へ別れを告げた。

「うむ。また来るがいい」

「はい」

道場の玄関まで入江無手斎が見送りについてきた。

「聡四郎」

入江無手斎が声を潜めた。

「覗《のぞ》いている者がいた。気をつけるがいい」

「……かたじけのうございまする」

聡四郎は礼を述べて、道場を後にした。


夕餉を終えた聡四郎は、書見《しょけん》をしていた。

「誰か」

床下に気配を感じた聡四郎は、厳しい声で誰何《すいか》した。

「藤川でござる」

「顔を見せよ」

返答に聡四郎は、命じた。

「ごめん」

畳をゆっくりとあげて、黒装束の忍が現れた。

「やはり、おぬしの手の者であったか」

聡四郎は、先日の忍装束と同じだと指摘した。

「さようでござる」

忍装束から顔だけを出して、藤川が認めた。

「拙者がどのていど遣えるか見たのか」

「…………」

黙って藤川がうなずいた。

「大奥は上様の私。大番組も、小姓組も入ることは許されませぬ。その代わりをなすのが、我ら御広敷伊賀者でござる」

藤川が語った。

「なるほどな。そこへ新しい用人が来た。それも大奥へ入った上様の御用をなすという怪しい男が」

「さようでござる。しかも貴殿は、養女とはいえ上様の姫さまを娶《めと》っておられる。

いわば、上様のお身内。上様の密命を受けたと考えても当然でございましょう」

聡四郎の言葉に、藤川が同意した。

「…………」

肯定も否定も聡四郎はしなかった。

「貴殿のことも調べさせていただきましてござる。勘定吟味役であったころのご活躍だけでなく」

「そうか。それで」

聡四郎は先を促した。

「恐るべきお方と見ました」

「なるほどの。御広敷にとって……いや、伊賀にとって、つごうが悪いか」

「……はい」

藤川が首肯した。

いかに疎い聡四郎でも、伊賀組が吉宗から信用されていないことくらいはわかっていた。吉宗は八代将軍になるとき、伊賀者から隠密御用の任を取りあげ、紀州から連れてきた信用できる家臣へ渡した。お庭番の誕生であった。

お庭番は将軍直属の隠密として、諸国、あるいは江戸の城下に派遣され、吉宗のもとへ、いろいろなことを報せた。

一方、隠密御用の任を奪われた伊賀者は、忍としての意義を失った。御広敷伊賀者が大奥の番人となったように、他の伊賀組も同じことを繰り返すだけの毎日を送るしかなくなった。

「これ以上、伊賀の縄張りを奪われては、生きていけませぬ」

伊賀者の身分は譜代席の御家人としてはもっとも低く、禄も三十俵三人扶持しかない。これは、一年にしておよそ十三両ほどにしかならなかった。腕のいい職人が、年に八十両から稼ぐことを思えば、少ない。庶民ならば月に一両あればやっていけるが、まがりなりにも御家人なのだ。武芸の修練もしなければならないし、外出に穴の空いた衣服を着ていくわけにもいかない。どう考えても禄だけでは無理であった。

その足りない部分を埋めるのが、二つの余得であった。

一つが、御広敷に出入りする商人たちからの付け届けであった。商人たちが大奥へ持ちこむものは、すべて御広敷にある七つ口で調べられた。なにせ、将軍がくつろぐ場所である。うかつなものの通過を許しては大変なことになる。それこそ着物の襟《えり》のなか、樽詰《たるづ》めの味噌の底まで探るのだ。あまり厳しくされると、商品に傷が付き、納品を拒まれたり、値引きを求められたりする。それを防ぐために商人たちは、伊賀者へ幾ばくかの付け届けをして、商品の扱いをていねいにしてもらった。

もう一つは、大奥女中から貰う賄賂《まいない》であった。男は将軍一人、残りは女ばかりの大奥での唯一の気晴らしが、寺社への参拝であった。御台所、側室らに付いている女中たちにとって、大奥から出ることの許されていない主に代わって寛永寺や増上寺へ行くのは、数少ない外出の機会であった。滅多にないことなのだ。外出した大奥女中たちが、おいしいものを食べたり、芝居などを見たりしたがるのは当然である。しかし、寺社参拝とはいえ、職務なのだ。その途中で遊ぶのは禁止されている。そして代参には警固という形で伊賀者がついた。もちろん見張り役であった。大奥で女が孕《はら》めば、それはすなわち将軍の胤《たね》なのだ。将軍以外の子を大奥女中が産むなどあってはならない。伊賀者は外出した大奥女中たちの行動を厳しく監視した。それでは大奥女中たちは息抜きができない。そこで幾ばくかの金を与えて、遊びを黙認してもらうのだ。

これらによって伊賀者はようやく人がましい生活を送れていた。

「水城どの」

藤川が聡四郎の顔を下から窺うように見上げた。

「伊賀をお遣いになりませぬか」

「なにをっ」

聡四郎は絶句した。

第三章　蠕動《ぜんどう》の始

一

紀州を継いで徳川宗直となった頼致だったが、その官位は従三位左近衛権中将でしかなかった。

「将軍になるには、もう少し位階が高くなければなるまい。吉宗でさえ権中納言であったのだ」

不満を宗直がもらした。

「ならば上げればよろしゅうございまする」

付け家老水野大炊頭忠昭があっさりと口にした。

「簡単に言うな。官位を上げるのにどれほど金がかかるか」

宗直が嘆息した。

紀州支藩西条松平の当主であった宗直は、従四位下侍従玄蕃頭《じじゅうげんばのかみ》を皮切りに、今までに四度叙任《じょにん》されていた。武家の叙任は朝廷の補任とはかかわりはないが、朝議を経て天皇の許しをもらわなければならないのは同じであった。当然、なになりたいという願いを通すための根回しと、なったあとのお礼が入り用であった。それも官位が高くなればなるほど、費用はかさむ。

「多少のことならびくともいたしませぬ」

水野大炊頭が、懐から書付をだした。

「紀州藩の金蔵目録でございまする」

「どれ……まことか」

宗直は、紀州藩主となって初めて驚愕した。

藩庫に金十四万両余り、藩蔵に米十一万石余りが蓄えられていた。

「なんと裕福なのだ、紀州は」

多少の差はあるが、大名の年貢は五公五民が多い。つまり表高の半分が収入であった。宗直の実家である西条三万石だと一万五千石となる。

さらに玄米は精米することでおよそ一割目減りする。変動があるとはいえ、おおむね白米一石が一両なので、西条藩の年収はおおよそ一万三千五百両である。

そのじつに十倍が、紀州藩にはあった。米まで合わせると、二十倍近い。宗直が目を剝いたのも当然であった。

泰平が続くと、人は贅沢《ぜいたく》になっていく。

明日食べられるかどうかわからなければ、腹にものを入れるだけで満足する。明日生きていられるかどうかわからないのなら、どのような衣服でも気にしない。それが泰平になり、明日どころか十年先でも安泰だとわかれば、人は贅沢になる。うまいものを喰いたい、うつくしい衣服を着たい、立派な家に住みたい。

武士も庶民も、節度を忘れていく。

庶民はまだよかった。働けば金になる。しかし、武家はそうはいかなかった。

武家の収入は禄である。先祖が戦場で敵の首を取って得た報酬を代々受け継ぎ、主君に忠誠を尽くす。つまり、生きてさえいれば禄は入るのだ。これほど楽なものはなかった。

だが、大きな欠点があった。

禄は増えないのだ。

物価が上がろうとも禄はまったく変化しない。当たり前の話であった。禄とは手柄に対する対価である。泰平になり戦がなくなると、手柄をたてることはむつかしい。もちろん、戦場だけでなく、政でも勘定でも手柄はたてられる。だが、武術だけにしか能のない武家にとって、なかなかできることではなかった。

収入は変わらないのに支出は増える。こうして武家は貧しくなっていった。

これは足軽《あしがる》も大名も、幕府も同じであった。どこの大名も、大なり小なりの借財を持っている。そんななかで紀州藩の余裕は異常であった。

「幕府から金でも出たのか」

宗直は、吉宗を差し出した代わりに、幕府から援助があったのかと問うた。

「とんでもございませぬ」

水野大炊頭が否定した。

「幕府は、取りあげるだけでございまする。まだ、吉宗さまが紀州藩主であったころ、幕府は、紀州藩の銀札《ぎんさつ》を停止しただけでなく、駿河から紀州へ移転するときに貸した金を無理矢理回収いたしました。おかげで、一時とはいえ、紀州藩では夜につける灯《あか》り油さえ切らしたほどでございまする」

「やることがえぐいの」

聞いた宗直が頬をゆがめた。

「では、この金と米は」

「吉宗さまが一代で蓄えられました」

「なんと……」

宗直が絶句した。

「灯明の油さえ買えなかった紀州家に、これだけの金を蓄えるとは」

「もちろん。借財はいっさいございませぬ」

「夢のような話じゃの」

紀州藩主になる前、五年ほどであったが、宗直は西条藩主をしていた。西条藩は、連枝《れんし》として参勤交代を免除されてはいたが、藩主家族が物価の高い江戸にいたため、藩財政はかなり逼迫《ひっぱく》していた。

「殿」

不意に水野大炊頭が声を潜めた。

「この金を遣えば、官位を上げるなど容易。いや、それ以上も望めましょう。紀州家をもっと高みへ押しあげませぬか」

「どういうことぞ」

宗直が首をかしげた。

「紀州家は、ご本家へ吉宗さまをお返しいたしました。御三家尾張徳川家でも、水戸徳川家でも、館林松平家でもない、当家から将軍を出したのでございまする。それらの家よりも上になったと申してもおかしくはございますまい」

「だが、御三家の筆頭は尾張徳川どのじゃぞ」

水野大炊頭の話に宗直が口を挟んだ。

「今の尾張徳川さまは、果たして御三家筆頭の座にふさわしいのでございましょうや」

「どういうことぞ」

宗直が先を促した。

「その前に、なぜ筆頭の尾張家から将軍が出なかったのか、ご承知でございまするか」

「いいや」

確認する水野大炊頭へ宗直が首を振った。

「尾張で主殺《しゅうごろ》しがあったのでございまする」

「なんだと」

宗直が大声をあげた。

「殿、お平らに」

「すまぬ」

水野大炊頭の注意に、宗直が首肯した。

「しかし、そのようなことがあるとは思えぬぞ」

宗直が、ありえないと否定した。

「尾張徳川家四代吉通《よしみち》さまをご存じで」

「ああ。何度かお目にかかった」

三万石の西条松平と六十一万九千五百石の尾張では、石高に大きな差があるとはいえ、近い親戚である。法要《ほうよう》などで顔を合わせることはままあった。

「まさか、吉通どのがか」

「はい」

はっきりと水野大炊頭が認めた。

「どういうことか説明いたせ」

顔色を変えて、宗直が求めた。

「吉通さまの側役に守崎頼母《もりさきたのも》というものがおりました」

水野大炊頭が語り始めた。

「この者、役者と見まがうほどの美形であったそうでございまする」

「それがどうした。吉通どのが男色《だんしょく》であったとしても不思議はあるまい」

「守崎頼母の相手は、吉通さまではございませぬ」

「誰というのだ。さっさと申せ」

もったいぶる水野大炊頭へ、宗直がいらだった。

「守崎頼母が閨に侍《はべ》ったのは、本寿院《ほんじゅいん》さまでございました」

「本寿院……」

宗直が怪訝な顔をした。

「尾張家三代綱誠《つななり》さまのご側室、お福《ふく》の方。落飾されて本寿院と称された女性《にょしょう》でございまする。そして吉通さまのご生母」

「げっ」

水野大炊頭の解説を聞いた宗直が、絶句した。

「主君の側室が、藩士を閨に呼んでいた。それはまことか」

「はい。守崎頼母だけではなく、本寿院さまは、数多くの男をお側に呼ばれました。その所行は放埒《ほうらつ》をこえ、ついに幕府から四谷《よつや》の藩邸へ幽閉を命じられたほどでございまする」

「…………」

あまりのことに宗直が沈黙していた。

「それでもご乱行《らんぎょう》は収まらず、吉通さまは、やむなく守崎頼母を母君へ差し出して、ひそかにお慰めになられた」

淡々と水野大炊頭が続けた。

「しかし、それも藩の重臣たちの知るところとなり申した。幕府より蟄居《ちっきょ》を命じられた前藩主の側室に男妾《おとこめかけ》を差し出していたなどとばれれば、尾張藩へ咎めが参りまする。重臣たちはそろって吉通さまへ意見申しあげ、守崎頼母を本寿院さまから離すように求めました」

見てきたように水野大炊頭が語った。

「重臣に迫られて、吉通さまは、守崎頼母を呼び返しました。当然本寿院さまはお怒りになりました。ですが、重臣たちの対処が早かったことで、幕府にことを知られずにすみ、本寿院さまは蟄居を解かれました」

「そ、それで」

宗直が唾《つば》を呑んだ。

「蟄居が解かれた祝いにと本寿院さまは吉通さまを招かれ、四谷の屋敷で祝宴を開かれました。その直後から吉通さまは、嘔吐《おうと》発熱をされ、五日の間苦しみ抜いて亡くなられた」

「毒か。医者はどうした」

「呼ばれなかったと聞きましてございまする」

「馬鹿な」

聞いた宗直が目を剝いた。

「藩主であろう。主君に死なれては藩が潰れるではないか」

跡継ぎがない状況で、藩主が急死すれば藩は潰された。これは幕府創設以来の決まりで、家康の息子といえども例外にはならなかった。

「吉通さまには嫡子《ちやくし》がございました。なにより、屋敷うちでの異変でございまする。いくらでもごまかしようはございまする」

「…………」

宗直が黙った。

「将軍に近い御三家で、母が寵愛している家臣を遣って息子を毒殺させた。このようなことが表沙汰にできましょうや」

「無理だ」

水野大炊頭の質問に宗直が首を振った。

「しかし、尾張を将軍継嗣からはずすだけの理由にはなりまする」

「うむ」

宗直が理解した。

「そして藩祖が同母の弟である水戸は、紀州の控え。紀州に人なければ、将軍を出せましょうが、本来遠慮すべき家柄」

「なるほどな。それで吉宗に白羽《しらは》の矢が立ったのか」

「御納得いかれましたか」

「ああ。では、この金は」

「殿がご随意になさってよろしいものでございまする」

笑みを浮かべながら水野大炊頭が述べた。

「好きにといっても、紀州の財政は決して余裕はなかろう。万一に備えて残しておくべきではないのか」

「いいえ。これはなくともよろしいのでございまする。吉宗さま、いや、上様と申しあげなければなりませぬな。上様のご政道で紀州家は、無駄をなくしましてございまする。おかげで、石高の範疇《はんちゅう》で藩政をおこなうことができますれば」

「そうか」

宗直が、うなずいた。

「合わせて二十五万両か」

とてつもない大金であった。

「どうするかの。あらためて金を遣えといわれても困る。ずっと西条では家老どもに、倹約せいと言われてきたからな」

苦笑を宗直が浮かべた。

「いかがでございましょう。その家老どもを驚かせてやっては」

「金でもやれと申すのか」

水野大炊頭の提案に、宗直が問うた。

「ではございませぬ。この金を要路《ようろ》に撒《ま》き、西条松平家を大名にいたしてはいかがでございましょう」

「西条を大名にか」

宗直が身を乗り出した。

紀州の支藩として創立された西条松平は御連枝との扱いを受けた。しかし、江戸定府《じょうふ》であることからもわかるように、大名扱いはされていなかった。紀州藩の分家でしかないのだ。

「将軍のご一門になられたわけでございまする。今ならば十万石も夢ではございませぬ」

「十万石は言い過ぎじゃ」

聞いた宗直が、否定した。

「なぜでございまする。水戸の支藩、高松松平は十二万石でございますぞ」

「……たしかに」

聞いた宗直が納得した。

讃岐《さぬき》松平の初代は御三家水戸家初代頼房《よりふさ》の長男頼重《よりしげ》であった。なぜか生まれた子供を誰一人認知しようとしなかった頼房のおかげで、水戸藩は跡継ぎがない状態であった。これでは水戸藩がなくなる。危機を覚えた水戸藩付け家老中山備前守信《なかやまびぜんのかみのぶ》吉《よし》が頼房の三男光圀を無理矢理家光へ目通りさせ、跡継ぎとした。

そのため長男でありながら水戸藩を継げなくなった頼重を哀れんだ家光が、讃岐十二万石を与えたのである。

「西条松平も、紀州家初代頼宣さまのお子さまを祖としておられまする。その西条がわずか三万石。紀州の控えでしかない水戸の分家が十二万石。不公平でございましょう」

「であるな」

「上様は紀州の出。今ならば、西条松平を十万石にと言い出してもおかしくはございますまい」

「ふむ」

「支藩の格が上がれば、本藩の格を上げぬわけにもいきますまい。続いて紀州藩を御三家筆頭にいたしましょう。さすれば、上様に万一あったとき、将軍となるのは……」

水野大炊頭が語尾を濁《にご》した。

「それはよいが、どうすればよいか、わからぬぞ」

宗直がとまどった。

「わたくしがいたしましょう。幕閣にはいささか手蔓《てづる》もございまする。お任せ願えましょうか」

水野大炊頭が声を潜めた。

「頼めるか」

「はい。おそれいりまするが、金のことをわたくしに預けるとのお墨付きをいただきたく」

「わかった」

すぐに宗直が書付を記し、花押《かおう》を入れた。

「たしかに。では、早速に」

一礼して水野大炊頭が、宗直の前から下がった。


「金を吾が屋敷へ動かす」

水野大炊頭が、紀州家の蔵から金を持ち出した。

「殿のお許しを得ておる」

止めようとした勘定方も、お墨付きを見せられればどうしようもなかった。

「全部は無茶でござる」

勘定方が、止めた。江戸屋敷には紀州藩の貯蓄のうち六万両が置かれていた。

「城の修繕費用、屋敷の手入れ、万一の不作に備えての貯蓄。二万両は置いていっていただきますよう」

「米がある。米には手を出さぬ。そちらで賄え」

冷たく言い捨てて水野大炊頭は、六万両を運んだ。

二

水野大炊頭の上屋敷は、浄瑠璃坂上にある。四千坪に近い屋敷は、三万五千石の大名とは思えないほど立派であった。

「ふふふふ」

屋敷の蔵に収められた六万両を見て、水野大炊頭が笑った。

「これだけあれば、我が家を譜代に戻すこともできよう。いや、執政も夢ではない」

家康の母お大の方の実家である水野家は、譜代のなかでも名門であった。それが、頼宣の傅育を家康に命じられたため大名としての格を失った。

「しかし、やりやすい殿よな」

水野大炊頭が笑った。

「世間知らずというより、降って湧《わ》いた本家相続という幸運に舞いあがっておるのだろうが、簡単に操れる。それでいて一人前以上の野心を持っている。殿を将軍とすれば、儂は大老《たいろう》にでもなれよう。そうなれば、天下は儂の思いのままじゃ。何万、いや、何百万という人が、儂の言うままになる」

笑いを暗いものに変えながら、水野大炊頭が述べた。

「よろしゅうございますので」

同席していた家老飯田彦右衛門《いいだひこえもん》が、おずおずと訊いた。

「上様か」

「………………」

無言で飯田が首肯した。

「かまうものか。我らを利用するだけ利用し、約束を果たそうともしない吉宗など、気にするな」

表情を引き締めて水野大炊頭が吉宗を呼び捨てた。

「家康さまのご意思まで無視したのだ。今さら、なにも言えるものか」

「しかし……」

飯田が、震えた。

「理はこちらにある。神君家康さまは、御三家から将軍が出たとき、その御三家を潰し、家臣一同直臣へもどすと言われていたのだ。それを吉宗は破った」

水野大炊頭が吐き捨てた。

「ならば我らは、新しい上様をお作りするだけよ。そして、付け家老から譜代へ戻り、幕政に参画する」

野望を水野大炊頭が述べた。

「上様を害し奉るなど、おそれおおい」

「なにが上様だ。吉宗が将軍になれるような出か」

水野大炊頭が鼻先で笑った。

「頼宣さまの孫には違いないが、母の身分はどうだ。流れ者の巡礼の娘ではないか。父親の名前さえ知れぬ女の血を受けた者が、将軍だと」

八代将軍吉宗の母、浄円院は、藩主光貞のお湯殿係であった。

湯殿係とはその名のとおり、藩主の入浴の世話をする女中である。身分は低く、側近くで身体にも触れるが、口を利くことは許されなかった。

しかし、裸の藩主と薄布一枚を身に纏《まと》っただけの若い女が二人きりの湯殿である。湯気で薄布が身に張りつき、透けて見えたのが光貞の劣情を刺激したのか、浄円院に手がついた。といったところで、一時の気の迷いである。浄円院は、二度と光貞の閨に呼ばれることはなかった。

だが、その一度で浄円院は身ごもった。

「打ち捨てよ」

当初光貞は吉宗を子供と認めなかった。光貞には、すでに嫡子綱教《つなのり》、頼職《よりもと》と二人の男子がいたからである。

城から出された浄円院は、紀州家の家臣加納家で身二つとなった。源六《げんろく》と名付けられた男子は、加納家の子供として育てられた。長じて新之助《しんのすけ》と名前を変えた吉宗に転機が訪れたのは、元禄八年（一六九五）の四月だった。

五代将軍綱吉に拝謁《はいえつ》する兄頼職の供として、吉宗も江戸城へあがった。いずれ三代藩主である兄綱教の家臣となる吾が子に哀れを覚えたのか、光貞の気まぐれなのか、江戸城を一度見せてやろうとの温情が、吉宗を表舞台へ出した。

四月十五日、綱吉への目通りは頼職だけであり、吉宗は別室で控えていた。

「頼職にございまする」

「それへ」

綱吉の前で平伏した頼職と付き添った光貞を綱吉が満足そうに迎えた。

多くの大名を潰した綱吉は、紀州家に格別の感情を持っていた。紀州光貞の嫡男で頼職の兄綱教へ綱吉の娘鶴姫《つるひめ》が嫁いでいたからであった。

「男子二人か、うらやましいの。躬には鶴だけじゃ」

綱吉が光貞へ話しかけた。綱吉の一人息子徳松は、天和三年(一六八三)に五歳で夭折《ようせつ》していた。

「上様、お二人ではございませぬ。紀州公にはもうお一人男子がおられまする」

謁見《えっけん》の間に同席していた綱吉の寵臣柳沢吉保《やなぎさわよしやす》が口を挟んだ。

「ほう。まだおるのか。その者はどうしておる。国元か」

「連れてはおりまするが……」

公子と認めていないだけに、光貞ははっきりとした返答をしなかった。

「ならば、これへ」

将軍の言葉である。光貞はしぶしぶ吉宗を呼んだ。

「新之助にございまする」

「ほう。見事なる体軀《たいく》である」

大兵《だいひょう》な吉宗を、綱吉は気に入った。

「光貞、よき息子である」

この一言で、吉宗は紀州家の血筋と認められた。

紀州の公子となれば、将軍の一門である。成人したならば分家させなければならない。まず同年十二月に主税頭《ちからのかみ》に任官した吉宗は、翌々年越前丹生《えちぜんにう》に三万石を賜《たまわ》った。

もっとも丹生は物成りが悪く、表高三万石に対し、実高は五千石ほどしかなかったが、形だけとはいえ、吉宗は紀州の分家となった。

吉宗が分家を立てた七年後、綱教の正室で綱吉の娘鶴姫が死んだ。徳松の後、子供に恵まれなかった綱吉が、娘婿の綱教を西の丸に迎え、六代将軍の座を譲ろうとしていた矢先のことであった。

続いてその綱教が翌宝永二年（一七〇五）五月十四日に急死、嫡子の死を見たためか、八月には光貞が他界、四代藩主となった頼職もわずか四カ月後の九月八日に二十六歳の若さで逝去した。

綱教にも頼職にも子がなかったため、紀州藩主の座はただ一人の血筋吉宗へと回った。

吉宗の運はまだあった。紀州藩主であること十一年の享保元年（一七一六）、七代将軍家継の逝去に伴い、吉宗は八代将軍の座についた。

綱吉に見いだされて二十年、紀州藩士として松平の名前も許されず埋もれていくはずだった吉宗は、ついに武家最高の地位に就いた。

「我らがどれだけ苦労したと思っておるのだ」

水野大炊頭の不満は終わらなかった。

「藩主がわずか四カ月の間に二人も死んだのだ。綱教さまが四十一歳、頼職さまにいたっては、二十六歳のお若さでな。どれだけ始末がたいへんであったか」

藩主の死は、大名にとって大問題であった。

まず跡継ぎがいるかどうか。いなければ終わりである。いても家督相続が許されるかどうかわからなかった。相続するには、それ相応の手配がいった。金である。老中をはじめとする要路に金を撒き、継承を認めてもらうのだ。これは御三家といえども変わらなかった。

「一年で二度も代替わりを認めさせる。これにどれだけの金がかかったか」

大きく水野大炊頭が嘆息した。

「それだけではない。あの年の五月から九月までのわずかな間に、綱教さま、光貞さま、頼職さまと三人も亡くなった。幕府が疑って当然だ」

藩主の死には、検死がなされる。そこでもし不審な点があれば、相続どころの話ではなくなった。

「検死に来る旗本にも金を遣った。もちろん、幕閣にもな」

紀州藩の財政は、この宝永二年で完全に崩壊した。

付け家老は、紀州藩になにかあったとき、幕府の矢面《やおもて》に立つのが仕事である。と同時に、紀州藩主が将軍家へ謀叛《むほん》を企《たくら》んだりしないように見張るのも役目であった。

「不審はございませなんだはずで」

飯田が確認した。

「阿呆《あほう》。不審だらけじゃ」

水野大炊頭が飯田を叱った。

「こんなに続けざまに不幸が続くものか。藩主公だけではないのだぞ。鶴姫さまから考えてみろ」

「…………」

飯田が絶句した。

「そなたも噂くらいは聞いておろう。鶴姫さまの最期を」

いっそう水野大炊頭が声を低くした。

「……噂だけは」

「鶴姫さまは、綱教さまとお茶を喫《きっ》されている最中、献上された饅頭《まんじゅう》を口にされたとたん、お苦しみになられ、そのまま亡くなられた」

「ごくっ」

大きく音をたてて、飯田が唾を呑んだ。

「のう、なぜ鶴姫さまであったのかの」

「えっ」

不意に訊かれて飯田が、驚いた。

「紀州藩主の座が欲しいのならば、鶴姫さまではなく綱教さまに毒を飼えばいい」

「…………」

家老ていどで返事のできる話ではなかった。

「もし、すべてが吉宗の仕業《しわざ》だとすれば……」

水野大炊頭が言葉を途中で切った。

「恐ろしい将軍が生まれたことになる」

重く水野大炊頭が言った。

「将軍家に人なきとき、三家より本家へ人を出せ。これは神君家康公の命じゃ。人なきとは、除き、跡継ぎがいないときだけではない。その職にふさわしくない者が出た場合には、除き、よき者を選ぶべしとの意味でもあるのだ」

「殿……」

飯田が水野大炊頭を見た。

「つまり、儂のやろうとしていることは家康さまのお心に従っている。すなわち正なのだ」

水野大炊頭が断言した。

三

聡四郎は、毎日御広敷へ出てはいた。

「水城どの。本日上様は奥へお渡りになられるのか」

同役の能勢惣八郎が問うた。

「あいにく」

小さく聡四郎は首を振った。

「さようでござるか」

能勢惣八郎が、嘆息した。

「上様付きの御広敷用人とは、なにもすることのないお役目なのでございますかの」

「…………」

皮肉を言われた聡四郎は沈黙した。

「聞けば、貴殿の奥方は、上様のご養女さまだそうな」

「うらやましいことでござるな」

やはり同役の小出半太夫《こいではんだゆう》が同意した。

「上様のお身内とあれば、御広敷用人など踏み台でござろう。貴殿は勘定吟味役を務めておられたとか。一年ほどで勘定奉行になられましょうよ」

小出半太夫が顔をゆがめた。

「我らは紀州家から来た新参者。お旗本衆とのおつきあいもわかりませぬ。ここは一つ、水城さまに教えていただこうではないか」

「けっこうな話だ。是非とも拙者も参加させていただこう」

黙っていた平塚市右衛門《ひらつかいちえもん》も賛した。

「いつがよろしいかの」

「それよりも場所でござる。浅草《あさくさ》によい料理を出す店がござるそうじゃ」

聡四郎を無視して話が進み出した。

幕府役人には、新任が先任に食事をおごるという悪習があった。かつての聡四郎は勘定吟味役の再置であったため、先任がおらず、接待はしなくてすんだ。

しかし、今回は先任が四人いた。

「両国橋《りょうごくばし》のたもとにも、折り詰めで名の知れた店があるぞ」

「折り詰めか。それもよいの。なかなか一同そろって休みは取れぬゆえな」

平塚がうなずいた。

御広敷用人に宿直《とのい》などはないが、番方のように三日に一度の勤務というわけにはいかなかった。少なくとも大奥の出入りが終わる暮れ六つまでは詰め所に残っていなければならなかった。それから町の料理屋へ向かうのは、武家の門限から考えても難しい。

「折り詰めと酒を三升ほど、屋敷へ届けていただくか」

「それがよろしかろう」

話し合いが終わった。

「水城どの。お聞きであったろう」

代表して能勢惣八郎が声をかけた。

「早急にご手配をな」

小出が念を押した。

「なにをしておる」

不意に鋭い詰問の声がした。

「これは……」

あわてて御広敷用人たちが平伏《へいふく》した。

「……上様」

一人背を向けていた聡四郎は、首を回して息を呑んだ。

吉宗が詰め所の出入り口に立っていた。

「水城」

「はっ」

聡四郎も急いで居ずまいをただした。

「躬にも折り詰めをくれい」

「ひっ」

能勢が、悲鳴をあげた。吉宗に聞かれていた。

「お側の衆が困惑されまする」

とんでもないと聡四郎が首を振った。

将軍の口に入るものは、すべて毒味されていなければならなかった。城下の料理屋がこしらえた折り詰めなど、論外であった。

「ならば、そなたの家へ喰いに行く。用意をいたしておけ」

「お出でいただくのは光栄でございまするが……」

「断る気か」

吉宗が睨《にら》んだ。

「とんでもございませぬ」

聡四郎はあきらめた。

かつて将軍になる前、吉宗は何度か聡四郎の屋敷へ足を運んでいた。

「そうよな。今度の鷹狩りの帰りに立ち寄る」

「承知いたしましてございまする」

聞いた聡四郎は受けた。

吉宗は鷹狩りを好んだ。将軍になっても、品川《しながわ》あたりへ出かけては狩りをした。

「水城。ついて参れ」

「はっ」

詰め所から出て行く吉宗の後に、聡四郎はしたがった。

御広敷には、将軍の食事を作る台所もあった。吉宗は、台所をこえて米などがしまわれている蔵へ聡四郎を誘った。

「扉は開けておけ」

蔵の扉を閉めようとした聡四郎を吉宗が制した。

「そうしておけば、近づけまい」

「はい」

首肯して聡四郎は、吉宗の前で片膝をついた。

「もっとも盗み聞きなどできぬがな」

ちらと吉宗が上を見た。

「お庭番」

聡四郎は気づいた。

「ここは伊賀者の範疇でございましょう」

「この城の主である躬が命じて供《とも》をさせておる。伊賀者風情に拒むことなどできぬわ」

吉宗が宣した。

「おそれいりまする」

一礼して、聡四郎は詫びた。

「よい。さて、水城。御広敷用人の仕事は理解したか」

「まだ十分ではございませぬ」

聡四郎は首を振った。

「かまわぬ。そなたには悪弊《あくへい》に染まってもらっては困るからな」

「……………」

意味をさとって聡四郎は返答をしなかった。

「大奥にかようことにした」

「それは重畳《ちょうじょう》でございまする」

将軍に子が多いのは、幕政の安定に繋がる。跡継ぎがなければ、どうしても争いごとのもととなる。

「子は要らぬ」

聡四郎の思惑を吉宗が否定した。

「躬にはすでに跡継ぎも、控えもおる。これ以上は、無用である」

「……では」

「欲しい女ができた」

吉宗が述べた。

「お側にお召しになれば」

大奥の主は将軍であった。大奥にいるすべての女は、将軍の意のままにできた。

「それができぬ」

苦い顔で吉宗が首を振った。

「そのようなこと」

聡四郎は驚いた。京から大奥女中たちの礼儀指南に来る公家の娘でさえ、将軍の望みには抗えないのだ。

「側室にするには、つごうが悪い」

「お部屋をお与えになられぬようになさいまするか」

大奥のしきたりにも少しはつうじた聡四郎である。歴代将軍が、側室としないまま手を付けた女中がいたことくらいは知っていた。

「もっと無理じゃ」

吉宗が嘆息した。

「まさか……」

聡四郎は、目をむいた。

「違うぞ。水城。月光院でも天英院でもない」

七代将軍家継の実母と六代将軍家宣の正室の名前を吉宗が出して否定した。

「失礼ながら、その女性《にょしょう》さまのお名前をお伺いしてもよろしゅうございましょうか」

「…………」

吉宗がためらった。

「決して他言《たごん》はいたしませぬ」

相手がわからなければ、手の打ちようがない。聡四郎は迫った。

「……水城。本来、そなたはその者付きの用人とするはずであった。しかし、そうした場合の反発が予想できたゆえ、躬の用人とした」

「上様……」

先を聡四郎は促した。

「竹《たけ》じゃ」

「……竹さまと仰せられまするると……綱吉さまの」

「そうじゃ」

聡四郎の言葉に吉宗がうなずいた。

竹姫は、五代将軍綱吉の養女である。出自は京の公家《くげ》清閑寺《せいかんじ》権大納言《ごんのだいなごん》熙定《ひろさだ》の娘で、綱吉の正室鷹司信子《たかつかさのぶこ》の姪《めい》にあたる。実子に恵まれなかった信子の養女とすべく、大典侍の局が江戸へ呼んだ。会津《あいづ》松平家の世子久千代《ひさちよ》と婚約したが、輿入れ前に久千代が死去したため、婚儀はないものとされた。続いて有栖川宮正仁親王《ありすがわのみやまさひとしんのう》のもとへ輿入れと決まったが、やはり婚姻の前に死別されてしまった。

二度にわたる不幸を受けた姪を信子は哀れみ、大奥に引き取った。そしてそのまま竹姫は縁づくことなく、大奥の局で静かに暮らしていた。

その竹姫を吉宗が気に入った。

「女など、どれも同じだと思っていたが……」

吉宗が嘆息した。

「竹姫さまなれば、御台所さまにされてもよろしいのではございませぬか。清閑寺さまの姫さまならば、継室としてふさわしいかと」

「たしかに清閑寺は、五摂家《ごせっけ》、清華家《せいがけ》、大臣家《おとどけ》に次ぐ名家に属する。出は藤原北家勧修寺流《かじゅうじ》じゃ。将軍の正室というには、少し家格が低いとはいえ、継室ならばうるさく言う者もおるまい」

「では、そうなされますれば」

継室とはいえ将軍の御台所となれば、大奥の主である。吉宗が通うに誰の文句も出ない。聡四郎は、円満な解決だと考えた。

「竹の身分が傷となっている」

「はて……」

言われた聡四郎は首をかしげた。

「二度の婚姻のお約束でございますするか」

たしかに武家の女には二夫にまみえずという考えがある。しかし、これは実際の婚姻をすませた場合であり、婚約の段階での破談は影響しないのが慣例であった。

「そんなもの、どうにでもできるわ。二度目の婚姻が許されぬなどと、幕府の誰が言える。二代将軍秀忠公を見ろ。正室お江与《えよ》の方は、表になっているだけで、秀忠公の前に、佐治一成《さじかずなり》、羽柴秀勝《はしばひでかつ》の二度、隠された九条兼孝《くじょうかねたか》とのものまでいれると、三度も夫を替えている。将軍の正室が初婚でなければならぬとの決まりはない」

吉宗が一蹴した。

「ではなぜ」

「竹は綱吉公の養女になっている」

「それがなにか」

聡四郎は問うた。

「あいかわらず鈍いの。竹は綱吉公の養女。そして躬は家継公の養子。つまり、竹は躬の大叔母になる」

「あっ」

ようやく聡四郎は理解した。

綱吉の養女ということは、六代将軍家宣と義理の兄妹で、七代将軍家継の叔母となる。そして吉宗は七代将軍家継の養子。年齢から考えて、吉宗が家継の子というのはなりたたないが、将軍の系統は途切れてはならないとの慣例から、養子との形を取っている。

「人倫にもとる……」

「そう言われるであろう。また、言われても言い返せぬ」

難しい顔を吉宗がした。

「もっとも躬も悪いのだ」

吉宗が目を閉じた。

「将軍となったとき、躬の継承に反対した大奥をこらしめてやろうと、少しいじめた」

「大奥を敵にされたと」

「そうじゃ。でなくば、いくらでもやりようはあったろう。しかし、竹を知ったときにはすでに遅かった」

「…………」

悔しそうな吉宗を聡四郎は初めて見た。

「かといって、今更《いまさら》折れることはできぬ。そのようなまねをすれば、将軍としての権威がなくなり、大奥のわがままの火に油を注ぐこととなる」

「はあ」

同意しかねた聡四郎は、曖昧《あいまい》な返答をした。

女の美貌に迷わされた将軍と評判が立てば、威厳も権威も砂の城のように崩れ去るのはたしかであった。分家から本家へ入った吉宗への風当たりは強い。それを強権で押さえこんでいるときに、醜聞《しゅうぶん》はまずかった。

「だがあきらめきれぬ。そなたはわかるはずだ。紅を捨てられるか」

「無理でございまする」

聡四郎は即答した。

紅との絆《きずな》は、互いの命を懸け合ってできたものだ。なかったことにするならば、水城聡四郎という旗本が成り立たなくなった。

「であろう。ゆえに、躬は手を打つ」

「はい」

黙って我慢するような吉宗ではないと聡四郎は知っている。

「少し大奥がややこしくなる。よく考えて動け」

言い終えた吉宗が、聡四郎の返事も待たず去っていった。

「なにをなさるおつもりやら」

聡四郎はため息をついた。

蔵を出て詰め所へ戻った聡四郎を、他の用人たちは無視した。

「では、お先に」

聡四郎は私物を持って詰め所を後にした。

台所を管轄しているとはいえ、役人の食事は自前である。聡四郎も弁当を持参していた。その弁当の空き箱を手に、御広敷御門を出たところで、聡四郎は足を止めた。

「なにか用か」

振り返ることなく聡四郎は問うた。

「上様は、なにを仰せになられましたので」

背中から御広敷伊賀者組頭藤川義右衛門が問いかけた。

「聞かせていただけなかったのであろう」

「お庭番に阻《はば》まれましてございまする」

隠すことなく藤川が答えた。

「ならば、報せてはならぬとのご意思だとわかろう」

聡四郎は拒否した。

「大奥のなかで起こることの始末は、伊賀者がつけなければなりませぬ。上様がどのようなことをなさるのか、あらかじめわかっておりませぬと、思わぬ事態を招くことにもなりましょう」

吉宗の行動を伊賀者が阻害するやも知れないと藤川が言った。

「知りたければ、己で訊くことだ」

いい加減、聡四郎は頭に来ていた。己の手のうちは明かさず、他人の肚《はら》は知りたがる。伊賀者の性質とはいえ、あきれていた。

「我らは上様へ目通りを許されておりませぬ」

「どうにか考えることだ」

聡四郎は歩き出した。

「伊賀者を敵に回して、大奥でお役目は務まりませぬぞ」

足音もないのに、声は同じ距離でついてきた。

「もともと務まるとは思っておらぬ。勘定吟味役から御広敷用人、あまりに畑が違いすぎよう」

女の相手をするより、まだ銭勘定の方がましだと聡四郎は返した。

「…………」

藤川が黙った。

「上様を侮《あなど》らぬほうがよいぞ。なぜ、伊賀者から探索御用を取りあげてお庭番に任せたのか、その真意を考えることだ」

「……真意」

声が止まった。

四

下城した聡四郎は、屋敷ではなく相模屋へと向かった。

「おや、続けてのお見えとは珍しいことで」

相模屋伝兵衛が笑った。

「義父どのよ。会津松平家とのお付き合いはござるか」

「お仕事でございますか」

すっと相模屋伝兵衛が真剣な表情になった。

「少しお話を聞きたいので、できれば長く江戸詰をなされておられるお方がありがたい」

「さようでございますなあ。ならば、伊丹《いたみ》さまがよろしいかと」

「伊丹どの……」

「江戸中屋敷で用人をおつとめで、今年で還暦をお迎えになると聞いた覚えがございまする。江戸定府で、会津には行ったこともないと言われておられたはず」

「それはありがたい。ご紹介願えぬか」

「よろしゅうございますよ。今から参りまするか」

「助かる」

聡四郎は礼を言った。

相模屋から会津藩中屋敷のある源介町《げんすけちょう》海手《うみて》までは、男の足で半刻《はんとき》（約一時間）ほどで行ける。

二人が会津藩邸に着いたとき、まだ八つ（午後二時ごろ）を過ぎたばかりであった。

「ご免を」

中屋敷の潜り戸を相模屋伝兵衛が叩いた。

「……誰だ。おう、相模屋ではないか」

門脇の格子窓が少し開いて、なかから応答があった。

「ご用人さまにお目にかかりたいのでございますが」

「伊丹さまか。で、そちらの御仁《ごじん》は」

格子窓から門番足軽《もんばんあしがる》が問うた。

いかに出入りの人入れ屋相模屋が連れてきたとはいえ、見知らぬ人物の確認はしなければならない。

「お旗本の水城さまでございまする」

「それは……」

相模屋伝兵衛の答えを聞いた足軽があわてた。

「しばしお待ちを」

格子窓が閉まった。

大名屋敷の表門はよほどのことがないかぎり開かれなかった。これは江戸における出城《でじろ》という考え方によっていた。

「さすがは会津さまだな。見事な」

聡四郎は屋敷を見て感心した。

「将軍家にもっとも近いご一門でございますから」

うなずきながら、相模屋伝兵衛が言った。

会津保科《ほしな》家は、数奇《すうき》な家柄である。もとは武田《たけだ》家に属していた信州《しんしゅう》の豪族であった。武田家の滅亡後、徳川家に仕えたが、どうということはない小大名でしかなかった。その保科家に転機が訪れたのは、二代将軍秀忠の子供を預かったことによる。

秀忠は、織田信長《おだのぶなが》の姪、江与を正室に迎えた。この江与が異常なまでに嫉妬《しっと》深い女であった。まず江与は、秀忠と側室の間に生まれた長男を殺した。二歳とまだ幼すぎる長男の全身に灸《きゅう》を据えさせ、熱死させた。表向き、治療のための灸による事故死として葬られたが、妻の狂気に秀忠が震えあがった。

それ以降秀忠は江与以外の女を求めなかった。

その秀忠が奥女中の静《しず》を見そめた。男女のことだ。身体を重ねれば子ができる。

秀忠は静から懐妊を告げられてあわてた。もし、このことが江与に知られれば、静の命はない。秀忠は、一人の尼《あま》を頼った。武田信玄《しんげん》の娘という出自の尼、見性院《けんしょういん》のもとで静は、男子を産んだ。

だが、隠せばあらわれる。いつかその子のことが江与に知れた。

江与はすぐに見性院へ子供を引き渡せと要求した。戦国一の名将武田信玄の血を引く見性院は、これを突っぱねた。しかし、相手は将軍の御台所である。このまま手元に置いていては、いつまた手が伸びるかも知れない。見性院は、子供を江戸から離すことにした。その先に選ばれたのが、武田家と縁の深い保科家であった。

保科家の当主弾正忠正光《まさてる》は見性院の願いを聞き入れ、子供を養子とした。この子供が会津藩の藩祖となる保科正之《まさゆき》であった。

弟忠長との仲が悪かった家光は、将軍継嗣を放棄した弟正之をかわいがった。信州高遠三万石から出羽山形《でわやまがた》二十万石へ、そして会津二十三万石に加増し、老中の上座に置いた。

今の当主正容《まさかた》は正之の死後、正之の六男である。会津藩は親藩として扱われ、松平の姓を許されていた。

潜り戸が小さな音を立てて開いた。

「相模屋」

「伊丹さま」

顔を出した初老の藩士へ、相模屋伝兵衛が呼びかけた。

「御用は、あの御仁か」

「さようでございまする」

「何用であろうか」

「なにかお話をうかがいたいとのことでございまする」

「話……承知いたした。屋敷の外でよいか」

旗本を屋敷へ招き入れるのには、いろいろと問題があった。まさか潜り戸を通すわけにはいかず、かといって大門を開ければ、正式な客として受け入れたことになり、なにかあったとき、責任問題となる。

「……けっこうでございまする」

ちらと見た相模屋伝兵衛へ聡四郎はうなずいてみせた。

「では」

伊丹が潜り戸から出てきた。

「あそこでお話をうかがいましょう」

伊丹が屋敷から少し離れた辻《つじ》に出ている茶店を指さした。

「お手数をかける」

聡四郎は軽く一礼した。

茶店の奥にはちょっとした小座敷があり、酒を飲んだり食事をしたりできるようになっていた。

「奥を借りるよ」

先行した相模屋伝兵衛が、茶店の主に一分金を握らせた。

「これはありがとうございまする」

破格の心付けに主が恐縮した。

「その代わり、奥へ人を近づけないでもらいたいんだが」

「お任せを」

主が請け合った。

「会津藩松平家用人伊丹庫兵衛《いたみくらひょうえ》でござる」

陪臣である伊丹が礼儀として先に名乗った。

「御広敷用人、水城聡四郎でござる。本日は無理を申しまする」

聡四郎はていねいに返した。

「さっそくでございまするが、なにかお訊きになりたいことがおありとか」

急《せ》かすように伊丹が促した。

「まことにぶしつけなことを質問させていただきまするが、お役目で要りようなこと。どうぞ、お気を悪くなさいませぬようにお願い申しあげます」

最初に聡四郎は断りを入れた。

「内容にもよりまするが……」

伊丹が警戒した。

「久千代さまのことでござる」

「……………」

さっと伊丹の顔が強《こわ》ばった。

「なにをお訊きになられたいのでござろうか。久千代さまは、宝永五年（一七〇八）にお亡くなりになった。あれから十年近い年が経ちまする」

暗に過去のことへ触れてくれるなと、伊丹が述べた。

「存じあげておる。そのお亡くなりになったときのことを知りたいのでござる」

引かぬと聡四郎も意志を見せた。

「…………」

伊丹が黙った。

「……………」

聡四郎も沈黙した。

「……御用にかかわりござるので」

耐えきれなくなった伊丹が口を開いた。

「御用でなくば、このようなお話訊きませぬ」

「……ううむ」

伊丹がうなった。

「もちろん、他言《たごん》はいたしませぬ」

「……かならず」

「誓って」

太刀をほんの少し抜いて、鞘《さや》へ戻した。小さな音がした。武家が絶対の誓いをするときに使う金打《きんちょう》を、聡四郎はおこなった。

「相模屋」

伊丹が、相模屋伝兵衛へ顔を向けた。

「ちょっと席を離れさせていただきまする」

さとった相模屋伝兵衛が、小座敷を出た。

「……水城どの。拙者が申せるのは一つだけでござる」

ためらいを見せながら、伊丹がようやく話し始めた。

「久千代さまとそれ以前のご一族の方々の諡《おくりな》をお調べいただきたい」

「諡を」

「それ以上はご勘弁願いまする。では、これにて」

一礼して伊丹が去っていった。

「用件は足りましたので」

入れ替わりに相模屋伝兵衛がもどってきた。

「足りたと言うべきなんだろうな」

聡四郎は答えた。

「それよりも、すまぬことをした。出入り先の機嫌を損ねてしまったな」

「大事ございませんよ。出入り先というのは、そう簡単に変わるものじゃございませんから。いろいろしがらみとかがございましてね」

相模屋伝兵衛が手を振った。

「ならばよいのだが」

「では、帰りましょうか。折角《せっかく》なので、この店の名物田楽《でんがく》で一杯とも思いましたが、紅に叱られそうで」

「だな」

言われて聡四郎も苦笑した。

紅は荒くれ者をまとめる相模屋の一人娘として、早くから人足などの面倒を見てきた。だけにお俠《きゃん》であった。初対面だった聡四郎を浪人者とまちがえ、顎《あご》で使ったほどである。

「これを」

店を出たところで、相模屋伝兵衛が聡四郎に竹包みを渡した。

「豆腐の田楽で。お土産に」

席を外している間に、相模屋伝兵衛が手配していた。

「これはすまぬ」

聡四郎は恐縮した。

「では、ここで。わたくしは少し伊丹さまのもとへ」

腰を屈《かが》めて相模屋伝兵衛が別れていった。

「……申しわけない」

たいしたことではないと言いながらも、詫びに行った義父の背中に聡四郎は頭を下げるしかできなかった。

伊丹の残した謎を聡四郎は調べようとした。だが、その手段がなかった。松平家の歴代藩主の菩提寺は、会津にある。御広敷用人という役目に就いている聡四郎は、江戸を離れることができなかった。

ただ久千代の墓だけは調べられた。

宝永五年十二月二十六日に死んだ久千代は、下谷《したや》の広徳寺《こうとくじ》に葬られていた。聡四郎は、広徳寺を訪ね、戒名《かいみょう》を調べた。

「真照院玉峯宗雪《しんしょういんぎょくほうそうせつ》……」

十三歳という若さで世を去った久千代の墓は、静かにたたずんでいた。

「困ったな」

広徳寺を出た聡四郎はつぶやいた。

会津藩松平家は、始祖正之、二代目正経《まさつね》、そして三代目でもある当代の正容と継承されていた。

「どうするかだ」

これ以上相模屋伝兵衛へ迷惑はかけられなかった。

「となると、奥右筆《おくゆうひつ》部屋か」

幕府の役職に奥右筆というのがあった。幕府の公式な書付《かきつけ》いっさいを取り扱い、大名の家督、婚姻、養子、隠居なども担当した。五代将軍綱吉が、執政たちに握られていた幕政を取り戻すために設けた役目で、身分としては勘定吟味役の次席と高くはなかったが、その実力は若年寄にも匹敵する。

「すんなりと教えてくれるかどうか」

奥右筆はその設立の経緯からもわかるように、他職の介入を嫌う。なにより、幕政すべての記録が残る奥右筆の執務部屋には、老中でさえ入れないのだ。御広敷用人のほうが格上といったところで、相手にされないのはわかっていた。

「ご用人どの」

一人詰め所で悩んでいた聡四郎のもとへ、伊賀者組頭藤川が姿を見せた。他の用人たちは、それぞれの任にしたがって席を離れていた。

「なんだ」

聡四郎は藤川を招き入れた。

「お手伝いいたしましょうや」

藤川が述べた。

「なにをだ」

機嫌の悪さを露《あら》わに、聡四郎は問うた。

「お調べいたしましょうや」

気にせず藤川が申し出た。

「なんのことだ」

「先日、会津藩の中屋敷をお訪ねになられたようで」

「つけていたのか」

聡四郎は藤川をにらみつけた。

「…………」

藤川は答えなかった。

「知人に会いに行っただけだ」

関係ないと聡四郎は否定した。

「伊賀者は便利でございますぞ。さすがにお休息の間には忍べませぬが、入り用となれば、薩摩《さつま》であろうが、会津であろうが入りこめぬところはござらぬ」

声を潜めて藤川が売りこんだ。

「拙者の命を狙っておきながら、信用しろと」

「伊賀者は忍。忍は道具。信用されずとも道具は遣えましょう」

藤川が淡々と告げた。

「信用できぬ道具は遣えまい。柄《つか》の緩《ゆる》んだ太刀で戦う馬鹿はおらぬぞ」

聡四郎は拒んだ。

「さようでございまするか。では、今日はこれで」

それ以上言わず、藤川が去った。

「見張っているか。本来ならば味方。少なくとも敵ではない相手であるはずなのに。上様はなにをなされたいのやら」

大きく聡四郎はため息をついた。

五

江戸城大奥では、天英院と月光院の争いが終息《しゅうそく》しつつあった。天英院と月光院の反目《はんもく》はまだあったが、それぞれに付いている奥女中たちの間で落ち着きが見られ始めていた。

「大奥が割れていては、吉宗に勝てぬ」

天英院に近い大奥上臈姉小路が、厳しい顔をした。

「そのとおりでござる」

月光院付きの年寄高山が同意した。

「これ以上人を減らされては、十分なお世話ができぬ」

三十五人の女中を失った天英院方では、人手不足による弊害が出てきていた。夜具や、風呂の湯の交換に手間がかかり、決められているはずの就寝、入浴の機がずれていた。

他にも季節ものの出し入れなどが計画どおり進まなくなっていた。

ようするに相手に嫌がらせをしている余裕がなくなった。

「このままでは大奥が潰れる」

危惧を抱いた姉小路は、月光院に近い上臈松島《まつしま》へ話し合いを持ちかけた。

「上様のなされよう、いかがお考えか」

姉小路は直截《ちょくせつ》に訊いた。

「月光院さまは、上様をお気に入りじゃ」

「偽りを言われるな。大奥の費用を減らされたことで、月光院さまは、小袖《こそで》を一枚おあきらめになられたと聞くぞ」

大奥で権を競い合っている天英院と月光院は、なにかにつけて争っていた。なにかの行事ごとに新しい衣装を作り、その美しさを競うなど日常であった。しかし、先月おこなわれた月見の宴《うたげ》に月光院が欠席した。己の名前と縁のある月見の宴を月光院は、何よりの楽しみとしていた。それに出なかったのは、体調をくずしたわけではなく、新しい衣装を作れなかったからである。亡夫の弟松平清武にねだり、なんとか用意できた天英院は、宴にも堂々と出て、来ない月光院を嘲笑《ちようしよう》した。その夜の月光院が、すさまじいほど荒れたのは、大奥中の知るところであった。

「…………」

松島は返答しなかった。

「今までの確執は一度捨てて欲しい。上様の悪口を言ったところで、告げるようなまねはせぬ」

まだ警戒する松島へ、姉小路が述べた。

「まことに」

「偽りは言わぬ」

はっきりと姉小路が誓った。

「ならば、申そう。上様のなさりようは、いささか大奥への敬意に欠けておいでではないか」

松島が本音を口にした。

「月光院さまも昨今はご不満を漏らされることが多い」

「こちらは最初からずっとお怒りである」

姉小路も語った。

「お二人だけではない。大奥全体が灯《ひ》の消えたようになっておるとは思われぬか、松島どのよ」

「まったくそのとおりじゃ。なにより、女中どもの数が足らぬ。お方さまのお世話はなんとかしておるが、妾など入浴の手伝いをする者を半分に減らさざるをえなくなったわ」

「妾も同じじゃ。そのうち己で髪を洗う日が来るのではないかと……」

「ぞっとする話をしてくれるな」

二人が顔を見合わせた。

上臈の髪は切らないために、異常なほど長い。鬢付け油で固め、滅多に洗うことがないとはいえ、やり出せば半日仕事になる。今は二人の女中にさせているのでなんとかなっているが、一人ではとてもできるものではなかった。

「聞けば、上様はさらに大奥の女中を減らすそうな」

「馬鹿な」

姉小路の言葉に、松島が吐き捨てた。

「なんとかして、それを阻止せねばならぬ」

「まったくじゃ」

「ついては、手を組まぬか」

「そちらとか」

「うむ。大奥が二つに割れておるのがよろしくないのだ。一枚岩で戦わねば、どこまでも喰いこまれよう」

「それもそうじゃ」

松島がうなずいた。

「だが、月光院さまは了承されぬぞ」

「天英院さまもな」

嘆息しながら姉小路が首肯した。

「では、ならぬ話ではないか」

「お二人にはお報せせずにやるしかない」

「……無茶を言うな。知らぬところで勝手にことを動かしてみよ。お方さまのお怒りに触れるぞ。そうなれば、上臈の我らとはいえ、ただではすまぬ」

松島が首を振った。

「そこは、なんとか工夫をいたそうぞ」

姉小路が嘆息した。

「では、まずどうする」

「上様の弱みを握れぬか」

「あの上様のか。あるわけなかろう」

提案する姉小路へ、松島があきれた。

「ないはずはない。人にはかならず弱みがある。松島どの。貴殿の弱みは子供であろう」

「……なぜそれを」

松島が驚愕した。

「貴殿には婚姻歴があるの。うまく隠していたようだが。離縁になった婚家に息子が一人おるの」

「どこで調べた」

するどく松島が問い詰めた。

「蛇《じゃ》の道は蛇《へび》じゃ。教えるわけがなかろう」

姉小路が拒んだ。

「そうか。ならば、こちらも手札《てふだ》を一枚見せねばならぬな」

松島が重い声で言った。

「なんじゃ」

「姉小路どのよ、貴殿は金を借りておろう」

「どうして、それを」

さっと姉小路の顔色が変わった。

「呉服や小間物の支払いが滞っているそうじゃの」

小さく松島が笑った。

「おのれ、漏らしたのは淡島屋か、それとも駿河屋か」

姉小路が怒った。

「心配するな。どちらでもないぞ。商人は金の話には口が堅い」

「…………」

松島を睨みながら、姉小路が大きく息を吸った。

「弱みというのはあるはずだ」

姉小路が話を戻した。

「どうやって調べるというのだ。相手は上様ぞ」

「伊賀者を遣う」

「大事ないのか。伊賀者といえども、幕臣じゃ。上様の弱みを探るようなまねはするまい」

提案を松島は否定した。

「いいや。今伊賀は揺れておる」

「お庭番か」

すぐに松島がさとった。

「そうじゃ。上様によって探索方をはずされた。その恨みを買ってやろうではないか」

「探索方をはずされたのが恨みになるのか。探索と申さば、薩摩や加賀へ忍び、命がけで探ってくることであろう。そのような危険からはずしてもらったのだ。かえってありがたいのではないか。禄米を減らされたわけでもない」

松島が疑問を呈した。

「名じゃな」

ささやくように姉小路が告げた。

「……名」

「そうじゃ。松島どのよ。忍と聞いてなにを思い出されるかの」

「伊賀と甲賀《こうが》かの」

問われた松島が口にした。

「であろう。そして忍の本質は探索であろう。妾も詳しくは知らぬが、下の女中どもが読んでおる読本《よみほん》などを見ると、忍は敵陣深く侵入し、そこで秘密を探ってくるものだという」

「そういうものか」

松島が感心した。

「幕府が始まって以来、伊賀がその任を負ってきたらしい。甲賀は大手門の番人に据えられたことで、探索はしなかったようだ」

「ふむ」

「だが、禄も格も甲賀が上。甲賀は与力《よりき》、伊賀は同心じゃ、伊賀にしてみれば、探索御用を承《うけたまわ》っていることだけが、甲賀に対して誇れるものであったろう」

「それを上様は奪った」

「…………」

無言で姉小路がうなずいた。

「伊賀は恨んでおろう。少なくとも上様を慕ってはおるまい」

「なるほど。事情はわかったが、どうやって伊賀をこちらへ引きこむ。我らには伊賀に探索方を命じる権などないぞ」

「わかっておる。我らができるのは、約束と金じゃ」

姉小路が言った。

「約束……なんのだ」

「今の上様がお亡くなりになられ、次代に移られたとき、探索方を伊賀へ戻してもらうよう、お世継ぎさまへ働きかけるという約束よ」

「そんなもので、伊賀が納得するか。成功するかどうかさえわからぬ約束ぞ。なにより、お世継ぎさまは、今の上様のお子さまじゃ。父の遺《のこ》した制度に手を加えるとは思えぬ」

無理だと松島が首を振った。

「女の力を使えばいい。西の丸大奥の話によると、お世継ぎ家重《いえしげ》さまは、たいそうな女好きだそうな」

世継ぎである家重は、本丸ではなく西の丸御殿にいた。そして西の丸御殿にも規模は本丸におよばないものの、大奥があった。

「らしいの」

二人が顔を見合わせた。

「西の丸大奥で家重さまを籠絡《ろうらく》する。男は好いた女の頼みには弱いもの。それに代替わりまで何年かあろう。その間にお世継ぎさまを骨抜きにしてしまえばいい」

「女の力か。やってみて損はないな」

松島が納得した。

「で、伊賀の説得はそちらでしてくれるのであろうな」

「言い出したのは妾じゃ。それは引き受ける。もっともかかった費《つい》えは折半じゃ。その代わりに、西の丸大奥でお世継ぎさまを籠絡する女の手配は任せる」

姉小路が条件を出した。

「女のことなら、ちょうど良いのがおる。一度縁づいたのだが、夫に死別されてもう一度大奥へ帰ってきた者がな。見目はいうまでもなく美しいぞ。なにより、男を知っておるからな。閨ごとにも慣れておる」

「頼もしいな」

満足そうに姉小路が首肯した。

「あとは、互いに足を引っ張らぬようにせねばの」

「中臈どもに申しておこう」

二人が顔を見合わせた。

主たちに内緒で大奥は一枚岩となった。

第四章　化粧の裏

一

御広敷伊賀者と大奥の接点は、あるようでなかった。大奥の上臈や中臈とでは、身分が違いすぎ、話をする機会などないからである。

大奥上臈姉小路は、やむを得ず、代参を遣うことにした。

代参とは、代々の将軍御台所や将軍生母の忌日《きにち》に、寛永寺や増上寺、伝通院《でんづういん》などへ参拝することである。大奥から出ることのない御台所の代わりにおこなうことから代参と呼ばれた。

八代将軍吉宗の正室伏見宮貞致親王《ふしみのみやさだゆきしんのう》の姫真宮理子《さなのみやまさこ》は、宝永七年（一七一〇）に亡くなっており、現在大奥に正室はいなかった。この場合でも、代参は忌日にあわせて履行《りこう》される。

大奥女中の外出には、伊賀者が警固として供をした。このときばかりは、大奥上臈と伊賀者が至近の距離となる。

姉小路は、増上寺へ代参することを御広敷へ告げた。

「珍しいこともあるものだ」

御広敷用人たちが驚いた。

姉小路は大奥上臈のなかでも位階が高く、めったに代参などで出かけることはなかった。

「さすがに息詰まりになられたのであろう」

小出半太夫が述べた。

「絵島の一件がござってから、皆さま、代参を避けておられましたので」

打ち合わせにやってきた御広敷番頭武藤矢兵衛が言った。大奥女中の代参には、御広敷番から数名が警固として出た。

絵島の一件とは、月光院付きの年寄であった白井平右衛門《しらいへいえもん》の娘、絵島が代参の帰り、芝居見物に出向き、江戸城の門限に遅れたことだ。

年寄とは上臈の一つ下で、大奥の実務を取り仕切る重要な役目である。よほどの才女でなければ務まらず、老中たちも一目おいた。

その絵島が芝居見物で、門限に間に合わなかった。

もっとも、代参の帰りに、芝居を見たり、名のある料亭で食事をしたりするのは、普段隔離された大奥に閉じこめられた女中たちの大きな楽しみであり、幕府も知っていながら見て見ぬ振りをしてきた。

絵島もいつものように戻ってきていれば、なんの問題もなかった。いや、多少遅れたくらい、絵島の権勢をもってすればもみ消すになにほどのこともなかった。

月光院の力が大きくなっていくことに我慢ならなかった天英院が、ここぞとばかりに絵島の遅刻に嚙みついた。

「絵島は、代参の帰り、木挽町《こびきちょう》の役者生島と密会していた。ゆえに遅れたのだ」

天英院方は、絵島に不義密通の疑いを掛けた。

「そのようなことはない」

強く月光院方は否定したが、絵島と生島が芝居茶屋で会っていたのは事実であった。

絵島は、贔屓《ひいき》の役者である生島を招いて、酒食を共にしていた。もっとも、賢い絵島は、生島との間に、男女をからめるようなまねはしなかった。

だが、二人が芝居茶屋の一室で一刻（約二時間）ほど過ごしたことを、行列についていた伊賀者が見ていた。

伊賀者は、代参した女中の警固だけでなく、見張りでもあったのだ。

こうして、月光院方、必死の抵抗もむなしく、絵島は罪を得て大奥から追放された。

これで月光院方の評判は地に落ち、ふたたび大奥の勢力争いは振り出しへ戻った。大奥を震撼《しんかん》させたのは、絵島の処分ではなかった。伊賀者が見張りだとあらためて報されたことであった。

伊賀者が外出した女中たちの目付役だとは、最初から知られていた。しかし、泰平が長く続くと、役目は形だけのものになっていくのが常である。事実、伊賀者は代参する女中から幾ばくかの金をもらい、隠れ遊びを黙認するのが慣例となっていた。

それが偽りだった。

代参の途中、遊んでいた奥女中たちは、顔色《がんしょく》を失った。

さいわい、それ以上事件は波及しなかったが、大奥女中たちが代参を避けるようになったのも当然であった。

「まあ、姉小路さまであろうが、松島さまであろうが、我らのすることは同じじゃ。番頭どの、人選を頼むぞ」

小出半太夫が、武藤矢兵衛へ命じた。

「承知いたしましてございまする。伊賀者へもわたくしから申しておきまする」

「そうしてくれ」

武藤矢兵衛へ、小出半太夫が丸投げした。

「では」

御広敷用人控えを出て、武藤矢兵衛は、隣の伊賀者詰め所へ顔を出した。

「藤川はおるか」

「これに」

御広敷伊賀者組頭藤川義右衛門が、近づいた。

「聞いておったな」

御広敷用人控えと伊賀者詰め所は板戸一枚でしか仕切られていない。少し大きな声を出せば、筒抜けであった。

「……はい」

藤川がうなずいた。

「いつものようにな」

言い残して武藤矢兵衛が去っていった。

「高屋《たかや》」

武藤矢兵衛を見送った藤川が呼んだ。

「お呼びか」

音もなく若い伊賀者が、藤川の背後に現れた。

「姉小路さまの代参、そなたが供につけ」

「…………」

無言で高屋が続きを待った。

「滅多に代参をされない姉小路さまが、大奥を出るという。なにかあるはずだ。気をつけよ」

藤川が注意した。

「承知」

小さくうなずいた高屋が、すっと消えた。

翌朝、四つ（午前十時ごろ）に姉小路をのせた駕籠《かご》が、平川門を出た。平川門は大奥女中の出入りとして使われている。大奥女中から選ばれた駕籠かき八人に担がれた駕籠に揺られて、姉小路は芝《しば》の増上寺へと向かった。

増上寺は徳川家の菩提寺である。豊臣秀吉《とよとみひでよし》によって関東へ移された家康が、豊島《としま》郷にあった増上寺の住職源譽存応上人《げんよぞんのうしょうにん》に帰依《きえ》、徳川家の菩提寺とした。慶長《けいちょう》三年（一五九八）に現在の芝《しば》へ移転、寺領一万石、宿坊《しゅくぼう》三千を数える関東きっての名刹《めいさつ》である。

三代将軍家光によって勧進《かんじん》された上野《うえの》寛永寺がやはり徳川家の菩提寺となったことで、将軍の墓を分け合う形となった増上寺には、二代将軍秀忠、六代将軍家宣、七代将軍家継が葬られていた。

姉小路は、そのなかの家宣の月命日に合わせて、増上寺へ参拝するとの体《てい》をとった。

「お疲れさまでございましたな」

増上寺松譽詮察《しょうよせんさつ》住職が、姉小路の代参に付き合った。

松譽詮察は、伊勢《いせ》の生まれである。千葉《ちば》氏の末で増上寺二十八世広譽詮雄《こうよせんゆう》上人のもとで学び、霊岸寺《れいがんじ》、光明寺《こうみょうじ》などの住職を経て、正徳四年（一七一四）増上寺三十七世の住職となった。すでに七十九歳と高齢であり、昨今の体調は優れていないが、大奥を代表する上臈の来訪となれば、応対しないわけにはいかなかった。

「ご上人さまには、お手をわずらわせました」

姉小路がていねいに礼を述べた。

「いやいや。仏さまへ敬意を表しに来て下さるお方への対応も、坊主の仕事。お気になされますな」

松譽詮察が笑った。

「さて、あちらで茶の用意をしておりまする。どうぞ」

「お誘いに感謝いたしまする」

二人は茶室へと移った。

他に同席する者のない茶会は、すぐに終わった。

「しばし、ここで休ませていただきたく。ご上人さまはどうぞ、お役目へお戻りくださいませ」

「お気遣いかたじけなく存じまする。姉小路さまもお疲れでございましょう。夜着などお持ちいたしましょうや」

休憩を求めた姉小路へ、こころよく松譽詮察がうなずいた。

「どうぞ、お気遣いなく」

「さようでございますか。では、ご入り用のものがあれば、ご遠慮なくお申し付けくだされ」

松譽詮察が茶室を出て行った。

「……伊賀者はおるか」

しばらく待って、姉小路が声を出した。

「…………」

「話がある。顔を見せよ」

反応のないのを無視して、姉小路が命じた。

「見張っているのはわかっている。出てくるがいい」

「…………」

三度の要請にも反応はなかった。

「なるほど。伊賀は、妾に従わぬというわけか。よろしかろう。上様にお願いして、大奥の警衛もお庭番へと替えていただく」

姉小路が宣した。

「……これに」

「なんと」

不意に目の前に現れた伊賀者へ、姉小路が驚愕した。

「伊賀者か」

「御広敷伊賀者同心、高屋真坐《しんざ》めにございまする」

高屋が名乗った。

「同心か。組頭を呼んで参れ」

「どのようなご用件でございましょうか」

「そなたごときに報せる気はない。ただちに組頭をこれへ」

「……しばしお待ちを」

すっと高屋が天井へと飛びあがった。

「妾がここにおるのは、あと一刻（約二時間）。それまでに来なければ、話は流れると思え」

「はっ」

首肯して高屋が天井裏へと吸いこまれていった。

「人を呼ぶわけにはいかぬか」

いつ伊賀者が戻ってくるのかわからない。姉小路は残されていた道具を使い、自ら茶を点《た》てた。

「遅いの」

そうそう何杯も茶を飲むわけにもいかず、姉小路は暇をもてあましていた。

「役に立たぬの。忍といえば、城と増上寺くらい、小半刻で往復できようものを」

「無茶を仰せになられますな」

「ひっ」

背中から声をかけられて、姉小路がおびえた。

「忍といえども、人でございまする。たしかに常人にはなしえぬこともしてのけまするが、あくまでも、人の範疇でしかできませぬ」

「い、いつのまに」

姉小路が腰をすって少し逃げた。

「お呼びとうかがい参上つかまつりました。御広敷伊賀者組頭、藤川義右衛門にございまする」

額を茶室の畳に藤川が押し当てた。

「そなたが組頭か。大奥上臈姉小路じゃ」

ようやく姉小路が落ち着きを取り戻した。

「存じあげておりまする。で、お話とは」

藤川がうながした。

「……ふむ」

姉小路が藤川を見下ろした。

「大奥へつかぬか」

「どういう意味でございましょう」

言われた藤川が首をかしげた。

「とぼけずともよい。わかっておろう」

「……なんのことでございましょう」

「わからぬ振りは不愉快であるぞ」

「…………」

冷たく姉小路が言った。

「上様と大奥が争っているのは知っておろう」

藤川が沈黙した。

将軍と大奥の仲がうまくいっていないなど、いかに上臈の口から出たとはいえ、伊賀者の身分でうなずける話ではなかった。

「大奥は、今まで攻められたことがなかった」

応答がないことを無視して、姉小路が続けた。

大奥は将軍の私《わたくし》である。将軍の夜を司るほかに、正室、側室、成人していない子供を預かるのが大奥であった。

それは将軍の男の部分を掌握し、さらに次代の将軍を人質とすることでもある。

表の役人たちは、たとえ老中、目付でも手を出すことはできなかった。

将軍でも同じであった。表にいればこそ、数万の旗本を率い、天下を治めるだけの力を持つが、大奥ではただ一人の男でしかない。千人近い女のなかに、ただ一人で放りこまれた男なのだ。とてもあらがえるものではなかった。

かといって大奥へ入らぬと、女を抱くことができない。女を抱けなければ子ができず、その血統は絶える。

また、子ができても大奥に抱えこまれてしまい、表へ呼ぶことさえできないのだ。

将軍は大奥の言いなりになるだけであった。

その力関係を吉宗が壊した。

吉宗は、大奥の権威をまったく認めず、ただ命じた。

「情けないことに、大奥は上様の意向を受け入れるしかない。女中の放逐、費《つい》えの減額、大奥は大きな痛手を受けた。たしかに今までの大奥が奢侈《しゃし》に流れていたことは認めよう。金を湯水《ゆみず》の如《ごと》く遣っていたこともたしかだ。なればこそ、上様の案をのんだ。今までの報いと考えての。だが、上様の要求は終わるところを見せぬ。さらなる女中の減員を求められるという。今でも、天英院さま、月光院さまのお身の回りにさえ事欠くありさまである」

話のなかに姉小路は、天英院と月光院の名前を並べて出すことで、和睦《わぼく》がなったことを暗に示した。

「…………」

一瞬、藤川が姉小路の顔を見た。

「このままいつまでも従っているわけにはいかぬ。これでは大奥は潰れるしかない。大奥は将軍家の未来を預かるところである。将来をなくしては徳川幕府はもたぬ。徳川が潰れれば、仕えている者たち皆が、職を失う」

姉小路は語った。

「大奥を守らねばならぬ」

「どうやってでございまするか」

黙って聞いていた藤川が口を開いた。

「まさか、大奥で上様を……」

「馬鹿を申すな。そのようなまねをしてみろ、大奥にいる者全部が無事ではすまぬ。少なくとも中臈以上は、自害を命じられるであろう」

小さく姉小路が震えた。

「まさか、我らに中奥の上様を害せよと」

「……できるのか」

小声で姉小路が確認した。

「伊賀が根絶やしになりまする」

できるかできないかとは違った形で、藤川が答えた。

「…………」

今度は姉小路が沈黙した。

「一族を死なせるわけには参りませぬ。これにてごめんを」

藤川が会談の打ち切りを言い出した。

「ま、待て。そのようなこと考えてもおらぬ」

姉小路があわてて止めた。

「上様の攻勢を防ぐ」

「……上様の」

「うむ。上様にもつごうの悪いことくらいあろう。考えてもみよ、御三家の四男でしかなかった上様が、紀州の当主になれただけでも僥倖《ぎょうこう》なのだ。そのうえ、将軍にまで上るなど、どれほど話がうますぎるか」

「それを探れと」

「そうじゃ」

確認する藤川へ、姉小路が首肯した。

「で、報酬は」

「伊賀の探索方への復帰」

「だけでございまするか」

「なにっ」

姉小路が驚愕した。

「上様の弱みを握ったならば、それを盾にして我らが交渉してもよろしゅうございましょう」

「ううむ」

藤川の言いぶんに姉小路が詰まった。

そのとおりであった。吉宗の弱みを伊賀者が調べきれば、それを使って探索方への復帰を求めればいいのだ。いや、同心の身分を与力に上げさせることもできない話ではなかった。交渉を大奥にゆだねれば、その実のもっともおいしいところを持って行かれ、伊賀に残されるのは、まさに絞りかすだけとなる。

「何を望む」

姉小路は問うた。

「金をいただきたい」

飾ることなく藤川が言った。

「やはり金か」

難しい顔を姉小路がした。

「どのくらいだ」

「月に百両。大奥が続くかぎりちょうだいいたしたい」

「百両……年に一千二百両になるではないか。無茶を言うな」

姉小路が絶句した。

一両あれば庶民が一カ月生きていける。百両はとてつもない大金であった。

「探索にも金はかかりまする。人を紀州へやらねばなりますまい。その費用を伊賀に払えと」

冷たい目で藤川が姉小路を見た。

「費用弁済くらいはする」

「それでは、さきほどのお話と同じでございますな。伊賀に利はございませぬ」

藤川が立ちあがった。

「百両は無理じゃ。わかっておろう、大奥は今、倹約を命じられておる。そこから毎月百両出すなど無理というもの」

「我らが知らぬとでもお思いか。姉小路さま。あなたさまがお召しになっている小袖、一枚でいくらいたしましょう。二百両は下りますまい。その帯、かんざし、笄《こうがい》、扇子、お使いの香など全部合わせれば、五百両をこえましょう」

「…………」

姉小路は黙った。

「まず、ご自身から身をお削りになりませぬと、他人はついてきませせぬ」

「……五十両ではどうだ」

「百両ちょうだいいたしまする」

値切ろうとする姉小路を、藤川が突っぱねた。

「生意気な。大奥に逆らって伊賀者が生きていけると思うのか」

姉小路が脅した。

「生きていけまする。伊賀者は薄禄とはいえ、神君家康さま以来の譜代直参。神君伊賀越えの危難をお助けした功績もございまする」

藤川が淡々と告げた。

伊賀越えの苦難とは、家康生涯の難所と言われていた。

天正《てんしよう》十年（一五八二）六月二日払暁《ふつぎよう》、京の本能寺《ほんのうじ》に宿泊していた織田信長を家臣明智光秀《あけちみつひで》が襲った。すでに京を取り囲むすべての国を手にしていた信長は、わずかな供回りしか連れていなかった。そこへ万をこえる兵である。織田信長は自害し、明智光秀が京を押さえた。

そのとき徳川家康は、信長の招きに応じ、堺《さかい》に遊んでいた。

信長と同盟していた家康である。謀叛をおこした明智光秀からすれば、敵でしかない。家康は、身の危険を感じたが、すでに身動きできない状況であった。

戦陣を忘れ、遊びに来たのだ。兵など連れていない。家康に許された選択は、なんとか三河まで逃げ帰るか、あるいは堺で自害するかであった。

一度は自害を考えた家康だったが、当主の死は家の破滅に繋がる。祖父清康《きよやす》、父広忠《ひろただ》と二代にわたっての当主急死が与えた影響を身に染みて知っていた家康は、逃げた。

京は完全に光秀の支配下にあり、とても通ることはできなかった。そこで家康は大和《やまと》を抜け、伊賀をこえて桑名《くわな》、そこから船で三河へ戻ることにした。

京での政変は、すぐに知れ渡る。普段は大人しい百姓や、牢人者たちが、落ち武者狩りに変わった。落ち武者を討ち取り、その首を光秀に渡して褒賞《ほうしょう》金をもらう。あるいは、身ぐるみ剝《は》ぐ。身を守る兵たちもいない将にとって、どこにでもいる落ち武者狩りの連中ほど厄介《やっかい》な者はなかった。

決死の逃避行をする家康を救ったのが、伊賀者であった。家康の側近として仕えていた伊賀出身の武将服部半蔵正成《はっとりはんぞうまさしげ》から、報せを受けた伊賀の地侍たちは、家康を国境まで出迎え、桑名まで警固した。

家康はそのときの恩を忘れず、伊賀の地侍二百人を呼びだし、同心として召し抱えた。

「そのような黴《かび》の生えた話など、とうに無効じゃ。反乱を起こしたことで、帳消しになっておるわ」

姉小路が厳しく指弾した。

伊賀の反乱とは、慶長十年（一六〇五）十二月に、待遇改善を求めた伊賀者たちが、職を放棄し、四谷《よつや》の長善寺《ちょうぜんじ》へ立て籠もった一件である。

伊賀越えの功績で同心となった伊賀者だったが、山一つこえたところにあって宿敵だった甲賀者が、さしたる手柄もなく格上の与力となっていることに不満を持っていた。

もともと伊賀者は無位無冠の地侍でしかなかったのに対し、甲賀者は郷士《ごうし》であったとの身分による区別だったが、あまりに大きな差でありすぎた。

与力は二百石内外、同心は三十俵三人扶持、その収入差はじつに二十倍をこえる。

幕初から伊賀者は、待遇改善の不満を組頭でもあった服部正成へ訴えていた。家康の股肱《ここう》として八千石の旗本にまでなった正成は、伊賀者の不満をうまくあしらい、ときどきは金やものをやるなどして慰撫《いぶ》してきた。

その正成が死んで、息子の正就《まさなり》の代になると、一気に扱いは悪くなった。

伊賀者を家臣同様と考えた正就が、こき使ったのだ。屋敷の修繕など、私用で伊賀者を酷使した。それでも伊賀者は十年耐えた。だが、ついに辛抱できなくなった。

伊賀者暴発の原因は、正就が見目麗しい伊賀者同心の妻を無理矢理手籠《てご》めにした、あるいは命に従わない伊賀者を手討ちにしたためなどと言われているが、伊賀者は爆発した。

伊賀者二百人は、正就の罷免《ひめん》、甲賀者並みの待遇を求めた上申書を幕府へ提出、そのまま四谷の長善寺へ立て籠もった。

もちろん、幕府への反乱に近い。要求を認めるはずもなく、幕府は旗本を動員して長善寺を包囲、伊賀者へ降伏を命じた。

当初は伊賀者の独壇場《どくだんじょう》であった。夜中になると寺を抜け出し、江戸を荒らし回った。しかし、いかに伊賀者とはいえ、食料や矢玉なしに戦えるはずもなく、数カ月の抵抗は終わりを告げ、降伏した。

幕府に向かって弓矢を向けた割に、裁定《さいてい》は甘かった。上申書に署名していた十名の中心人物には、死罪が言い渡されたが、伊賀者は放逐されず、そのまま復帰が認められた。

もっとも二百人で一組であったのは、分割された。小普請方伊賀者、明屋敷番伊《あきやしきばんい》賀者、山里廓伊賀者、御広敷伊賀者である。小普請方は城などの修繕を、明屋敷番はその名のとおり明屋敷の見張りと手入れを、山里廓伊賀者は江戸城の退き口山里口の管理、そして御広敷伊賀者は大奥を担当する。

「咎められたわけではございませぬ。服部家は改易《かいえき》となりましたが、我らはそのままの身分で許されておりまする」

藤川が言い返した。

幕府にも忍として有能な伊賀者を潰す気はなかった。服部家は、その素行よろしからずとの理由で改易され、正就は妻の実家であった松平《まつだいら》隠岐守定勝《おきのかみさだかつ》に預けられた。後、幕臣への復帰を狙った正就は、大坂《おおさか》の夏の陣で家康の六男松平忠輝《ただてる》の陣を借り、手柄を立てようとして、戦死した。

「ふん。お庭番に探索方を奪われておきながら、大きな口を叩く」

鼻先で姉小路が笑った。

「さようでございまするか。では、お話はなかったということで」

表情を消して、藤川が背を向けた。

「……待て。ともに上様によって、その在《あ》りようを奪われかけている者同士、もう少し話をせぬか」

「そちらのごつごうだけを押しつけられる。上様のやり方とどこが違いましょう」

藤川は立ったまま告げた。

「…………」

姉小路が黙った。

「我ら忍は、本来主を持たぬもの。金をもらって、闇を駆け、ものを調べ、流言を発する。約した任が終われば、明日には敵に回っても誰も咎めぬ。それが忍。その金が禄に変わっただけのこと。禄をもらえる限り、忍は徳川家へ仕えまする」

「……そうか」

少し考えて姉小路が口を開いた。

「金さえ出せば、よいのだな」

「申しあげたとおりでござる」

「……わかった。なんとか百両工面しよう」

絞り出すように姉小路が言った。

「本日中に、伊賀者詰め所までお届けくださいますよう」

前金だと藤川が述べた。

伊賀者詰め所には、大奥との通路、下のご錠口がある。下のご錠口は、奥女中の私物をやりとりする七つ口と違い、幕府が用意した大奥にかかわる物品を扱った。もちろん、男である伊賀者は、下のご錠口から出入りするのは許されていない。だが、もののやりとりはできた。

「なんとかしよう」

すぐの金策に姉小路が苦い顔をした。

「では、なにをいたせば」

振り向いた藤川が膝をついて、頭《こうべ》を垂れた。

「……なんという変わり身」

姉小路があきれた。

「先ほども申したであろう」

「あれは雇われる前のお話でござる。雇われたならば、正式な依頼をいただかねばなりませぬ。忍は、己で判断いたしませぬ。言われたことをこなすだけ」

藤川が淡々と答えた。

「そういうものか。かえってよいかもしれぬ。勝手に動かれては齟齬《そご》も生じよう」

聞いた姉小路が納得した。

「では、あらためて命じる。上様の弱みを探れ」

「承知つかまつった」

藤川が平伏した。

二

組屋敷へ戻った藤川は、一族の重鎮を己の長屋へ集めた。

「なんじゃ、義右衛門」

「珍しいの。呼びだしとは」

すぐに伊賀者が集まってきた。

伊賀者組頭は世襲ではなかった。そのときもっとも優秀な術者が推薦される形で、組頭になる。ただし、技量で劣れば、すぐに組頭を引きずり下ろされた。組頭、それは伊賀者最強の称号でもあった。

「大奥と手を結んだ」

藤川が話し始めた。

「ふむ。今さらのような気がするが」

御広敷伊賀者は大奥の警衛を任とする。大奥とのかかわりは深い。

「そうではない。我らは大奥から毎月百両の金を受け取る」

「……百両」

「まことか」

すさまじい金額に、一同がざわついた。

伊賀者の禄は三十俵二人扶持である。これは金にすれば一年で約十三両近い。御広敷伊賀者の定員は六十四名、すべてを合わせて、一年で八百両ほどになる。大奥からもらう金は年に一千二百両であり、御広敷伊賀者全部の禄よりも多い。

「どういうことだ義右衛門」

藤川の前に組頭だった保田甚内《やすだじんない》が表情も険しく問うた。

「伊賀を売ったのではなかろうな」

「売った」

あっさりと藤川が認めた。

「なにっ」

保田が気色《けしき》ばんだ。

「落ち着け。別におかしなことではない。平安の昔から伊賀は、金で雇われて技を売り、生きてきた。昔に戻っただけだ」

「馬鹿を言うな。今伊賀者は、同心として幕府に仕えているのだ。昔のような野良犬ではない。伊賀は雇われている間、決して裏切らぬ。それが掟《おきて》である」

詭弁《きべん》を弄《ろう》すなと保田が迫った。

「雇い主が先に裏切ったのにか。我らから探索の任を奪ったのは上様ぞ」

「……うっ」

保田の勢いがしぼんだ。

「落ち着け、甚内。義右衛門ももう少し詳しく話せ」

先々代の組頭だった柘植《つげ》一郎兵衛《いちろべえ》が割って入った。

「であったな」

藤川がうなずいた。

「では、あらためて言う。聞いてくれ。ただし、もう決まったことだ。異論は認めぬ」

声を重くして藤川が宣した。

「吾が大奥と結んだのは、上様の弱みを探すことだ」

藤川が説明した。

「できるのか」

柘植が疑問を呈した。

「お庭番は手強い」

忍の戦いは生き残りである。死んでしまえば、せっかく敵地に入って調べたことを、持ち帰ることができない。それは任の失敗なのだ。任を失敗すれば金はもらえない。伊賀者は身体を鍛えるが、それ以上に敵の実力を見極める目を重視した。

「上様の側には、いつもお庭番が二人ついている」

「そのお庭番も大奥には入って来られぬぞ」

参集した伊賀者が口々に話した。

「大奥でならば、簡単だ」

「待て。上様を害するのではないぞ。そのようなまねをしてみろ、伊賀は潰される。大奥が守ってくれるなどと思うな。大奥は上様を抑えたいだけなのだ。その上様がいなくなれば、伊賀をかばう理由はなくなる」

若い伊賀者の口を藤川が止めた。

「我らがするのは上様の弱みを見つけることだ」

「どうするのだ」

保田が問うた。

「若い者を二手に分ける。一組は江戸で上様の動きを見張れ。お庭番に気づかれぬ距離を保て。なかなか難しいが、長く続けていれば、かならず隙は生まれる」

藤川が言った。

「もう一組は、和歌山へ行け。将軍になる前の上様を探れ。これは江戸を離れることになるゆえ、当主でない者に命じる」

続けて藤川が命じた。

「上様の弱みを握れれば、探索方を取り返すだけでなく、我ら百年の願い、与力への昇進も叶《かな》う」

「おう」

伊賀者たちが唱和《しようわ》した。


八代将軍徳川吉宗の改革は、ゆっくりだが効果をあげ始めていた。

将軍自らが一汁二菜《いちじゆうにさい》で我慢し、木綿《もめん》ものに身を包んでいるのだ。周囲の者は倣《なら》わないわけにはいかなかった。

最初に、吉宗の小姓、小納戸《こなんど》が変わった。身につけるものが木綿になった。将軍が木綿ものでいる側で絹ものを身につけているだけの度胸を持つ者はいなかった。

続いて老中たちも質素な身形《みなり》になっていった。なにせ、吉宗の言うことを守り、違背《いはい》しないとの誓詞を入れているのだ。

といったところで、屋敷に帰れば絹ものを身に纏い、食事も一汁二膳と贅沢をしていたが、表向きとはいえ倹約し始めた。

「どうだ」

一人、江戸城中奥の庭の四阿《あずまや》で休息していた吉宗が問うた。

「表向きばかりではございまするが」

四阿の屋根から声が落ちてきた。

「今はそれでいい」

満足そうに吉宗が首肯した。

「降りてこい」

「はっ」

四阿の前の地面へ、不意に一人の男が現れた。薄ねずみ色の小袖とたっつけ袴で庭箒《にわぼうき》を持った姿は、庭の者の証である。

「四郎右衛門、聡四郎はどうしておる」

「まだ戸惑っておられるようでございまする」

答えたのはお庭番の一人馬場四郎右衛門であった。

「ふふふ」

吉宗が笑った。

「不器用な奴じゃ」

「…………」

馬場は反応しなかった。

「誰がついておる」

笑いを消して吉宗が問うた。

「古坂《こさか》がついておりまする」

「吉平《きちへい》か。ふむ。決して手出しはするなと念を押しておけ」

「はっ」

首肯した馬場が、顔をあげた。

「あと一つ」

「なんじゃ」

「伊賀者がみょうな動きを見せておりまする」

「……伊賀者が。どのようなことだ」

「役目に就いている当主ではございませぬが、嫡男や次男、三男あたりが、つぎつぎに江戸を離れておりまする」

「修行ではないのか。伊賀者は当主となる前に、伊賀の国で修行を積むと聞いたことがあるぞ」

吉宗が思い出したように言った。

「はい。忍の技は表に出せぬものばかりでございますれば、他人目《ひとめ》に付かぬところで修行いたしまする」

馬場が同意した。

お庭番はもともと根来修験《ねごろしゆげん》を祖に持つ根来忍者の流れである。戦国の終わり、根来にいた忍の多くは、徳川幕府に召し抱えられ、江戸城の門番となった。

そのとき根来に残った忍の後裔《こうえい》がお庭番である。

「我らも家を継ぐ前に、根来の郷《ごう》で三年の修行をいたしまする」

「ならば、伊賀のこと、気にするほどではなかろう」

「仰せのとおりではございましょうが……」

はっきりしない返答を馬場がした。

「ひっかかるのか」

「多すぎまする。あれだけ一度に来られては、郷が麻痺しましょう」

「それほどまでに多いのか」

忍の修練は秘中の秘であり、主君といえども知らされることはない。吉宗は首をかしげた。

「すでに二十名をこえましてございまする」

「伊賀者は何人いた」

「全部合わせて百名に届きませぬ。そのうち御広敷伊賀者は六十四名でございまする」

馬場が答えた。

「六十四名の跡継ぎ二十名は、多いな」

ようやく吉宗が理解した。

「人をつけるか」

「手が足りませぬ」

はっきりと馬場が首を振った。

お庭番はもともと十七家から始まっている。分家、別家をしたとはいえ、まだ二十家には届いていなかった。その数で探索の遠国御用、江戸地回り御用をこなしたうえ、吉宗の警固までしているのだ。とても伊賀者のあとをつけるだけの余裕はなかった。

「お庭番を増やすのは急務だな」

「根来から呼び出しましょうや」

馬場が訊いた。

吉宗は将軍となるときに、紀州からほとんど家臣を連れて来ていない。連れて来た家臣は紀州家から直臣へと籍を変えることになり、そのぶんの禄があらたに発生した。倹約を実行するつもりだった吉宗が、多くの家臣を引き連れてくるわけにはいかなかった。上が率先すればこそ下は従うのだ。将軍が好き放題しながら、下々《しもじも》に倹約しろといったところで、聞くはずなどない。

「いや、待て」

吉宗が制した。

「根来の者へ報せを出せ。城下を警戒するようにと」

「……伊賀者が紀州へ侵入するとお考えでございまするか」

すっと馬場の声が低くなった。

「この時期に伊賀者が江戸を離れる用があるとは思えぬ」

「…………」

「そして伊賀者は、躬に反発しておる。そして、躬の手である水城を伊賀者は襲った。この三つを合わせると……」

「伊賀者の目的は上様……」

馬場が息を吞んだ。

「まさか、上様を害し奉ろうと」

「それはない」

腹心の懸念を吉宗は否定した。

「江戸で躬が変死してみろ、もっとも最初に疑われるのは伊賀ぞ」

「毒などを遣えば……」

「伊賀の遣う毒を見抜けぬほど、そなたたちはやわではなかろう」

「おそれいりまする」

主君の信頼に、馬場が頭を垂れた。

「将軍を守るべき伊賀者が、手を出した。その報いは苛烈《かれつ》を極めるぞ。いかに躬のことを執政どもが嫌っておろうとも関係はない。これは躬への反乱ではなく、幕府への叛旗《はんき》なのだからな。それこそ、喜々として老中どもは伊賀を潰しにかかるであろう」

吉宗が述べた。

「では、なにを」

馬場が問うた。

「今更躬を将軍の座から降ろすことはできぬ。前例となるからの。家臣のつごうで将軍が代わるなどという前例は、意地でも作らせまい。あとあと逆手《さかて》に取られることになる」

小さく吉宗が笑った。

「…………」

黙って馬場が吉宗の続きを待った。

「となると、伊賀はなにをするかだが……おそらく、躬を縛るだけのものを探そうとするのであろうよ」

「上様を縛る……」

馬場が考えこんだ。

「躬とて人じゃ。弱いところはあるぞ」

にやりと吉宗が笑った。

「尾張の一件、兄のこと。疑う気になれば、いくらでもある。もし、一つでも確実とわかるだけのものを伊賀が手にしてみよ。躬は伊賀の言うとおりにせざるを得なくなる」

「……それで紀州へ」

「あくまでもそうではないかと考えただけぞ」

「では、郷へ人を走らせまする」

「船を遣え。途中で伊賀と出会えば、まずかろう」

「承知いたしましてございまする」

一礼して馬場が消えた。

「伊賀の目が紀州に向いたは好都合じゃ。竹のことを知られずともすむ。しかし竹に会うのをしばし辛抱せねばならぬな」

一人になった吉宗が嘆息した。

三

水城聡四郎は、伊賀者の目がなくなったことに気づいた。

「あきらめたのか」

聡四郎は独《ひと》りごちた。

「ありがたいが」

ようやく動きが取れる。伊賀の見張りがあるため、聡四郎としては直接竹姫のことを調べるわけにはいかなかった。吉宗から秘せと命じられているわけではないが、他人に知られるわけにはいかなかった。

聡四郎は、吉宗に命じられた竹姫の調べに入った。

「なぜ京の公家の娘がわざわざ呼ばれたからといって江戸に来るのだ」

そこから聡四郎は理解できなかった。

駕籠を用意されるとはいえ、京から江戸までは、女の足では二十日ほどかかってしまう。間に山もあれば川もある。駕籠は傾くし、揺れる。

なにより駕籠に乗るには、乗り手にもこつが要った。

駕籠のなかで軽く腰を浮かせるような姿勢を取り、揺れにあわせて身体を動かす。こうしないと駕籠のかき手に負担がかかってしまう。

慣れていないと、ひどく疲れるのだ。

移動の問題だけではない。まず水が違う。水が合わなければ、簡単にお腹を壊す。お腹を壊した状態で駕籠に乗るのは拷問《ごうもん》である。旅だとどこにでも厠があるわけではない。したいときにできるとはかぎらない。

つぎに食べものである。材料も違えば、味付けも変わる。かといって食べないわけにはいかない。

続いて宿が問題であった。毎日変わるのだ。なじむ間などない。宿に入ったからといって癒されないのだ。身体だけでなく心まですり減らすのが、旅であった。

公家の娘など、それこそ屋敷を出たことさえない。せいぜい寺社へ参るか、一門を訪ねるか、そんな娘が、京から江戸への百三十里近くを喜んで旅するとは思えなかった。

「わからん」

悩んだ聡四郎は、気分を変えるため、道場を訪れた。

「続けてとは珍しいの。暇なのか」

入江無手斎が笑いながら言った。

「暇……することはあるのでございまするが、どうしていいかわかりませぬ」

「それで、暇つぶしに剣を振りに来たか」

「申しわけありませぬ」

聡四郎は詫びた。

「酒を飲む、女を抱く、博打《ばくち》を打つより、よほどましだ。見ていてやる。振ってみせろ」

「はい」

促されて聡四郎は木刀を手に道場の中央へでた。

一放流は、戦場で生まれた剣術である。戦場で剣はあまり役に立たない。なにせ、相手は鎧兜《よろいかぶと》に身を包んでいるのだ。剣をたたきつけたところで、首や脇の下、太ももなど、大きな血脈があり、道具で守られていないところを斬《き》らないと致命傷にならない。

戦場では槍《やり》が主役であった。

しかし、戦場ではなにが起こるかわからない。槍が折れるかもしれない。なくすかもしれない。敵に奪われるかもしれない。

そのとき太刀で鎧武者を倒せればと一放流が生まれた。

一刀で鎧武者を叩き斬る。それを極意とする一放流は、一撃にすべての力を込める。

「…………」

聡四郎は太刀を右肩に担ぐようにした。そのまま、足を前後に開いて腰を落とす。

ゆっくりと口から息を吸い、鼻から糸のように細く出す。

こうすることで身体中に気を巡らせる。

「ふむ」

上座で見ていた入江無手斎が、うなずいた。

三間《けん》（約五・五メートル）先に敵が立っていると聡四郎は想像した。頭のなかの敵が太刀を青眼《せいがん》に構えた。合わせて聡四郎は左足を半歩前へ出した。

敵が大きく踏みこみながら太刀を上にあげ、そのまま振り降ろしてきた。

「おう」

聡四郎はかかとから臑《すね》、太もも、腰、背中、肩へと力を上げていき、そのままの勢いで太刀を撃ち落とした。

迫っていた敵の太刀を叩き折り、そのまま身体を斬った。

「見事だな」

入江無手斎が褒めた。

「まったく、そなたが旗本の当主でなければ、流派を譲ってやるものを」

「畏れ入りまする」

過分な褒め言葉に、聡四郎は恐縮した。

「どうだ。雑念が飛んだ気分は」

「なんとも軽い気がします」

問われて聡四郎は答えた。

「であろう。では座れ」

己の前の床を入江無手斎が指さした。

「はい」

木刀を置いて、聡四郎は腰を下ろした。

「なにを悩んでいた」

「お役目のことなのでございまするが」

暗に聡四郎は説明を拒んだ。

「全部話せというわけではないわ。第一、そんなまねをされては、こちらがたまらぬ」

入江無手斎があきれた。

「さようでございまするか。では」

聡四郎も誰かに話を聞いてもらいたいと思っていたこともあり、語り始めた。

「ふむ。ある人のことを調べようとしたが、どうしていいかわからぬと」

「はい。一応、かかわりのあった藩には、相模屋の仲介で行きましたが……」

「手詰まりは変わらずか」

「さようでございまする」

残念だと聡四郎は首肯した。

「当たり前じゃ。藩がつごうの悪いことをしゃべるか。そのようなまねをしてみよ。藩が潰れるぞ」

「はあ」

「まっすぐなのはよいが、誰もが同じだと思うな」

「それはわかっているつもりなのでございまするが」

師の注意に聡四郎は嘆息した。

「調べる者の生家を訪ねてみたか」

「いいえ。京なもので」

「ほう。さすがに行けぬか」

大奥を管轄する御広敷用人が、江戸を離れるわけにはいかなかった。

「はい」

「近くに詳しい人はおらぬのか」

「あいにく……」

聡四郎は首を振った。

竹姫を江戸に呼んだ綱吉の正室信子もすでに亡い。信子に仕えていた女中たちも、宿下がりするか、他の局へ移るかしているはずであった。

「だが、どうしても調べなければならぬのであろう」

「さようでございまする」

入江無手斎の言葉に、聡四郎はうなずいた。

「そして、命を下したのは上様」

「…………」

無言で聡四郎は肯定した。

「ならば、上様へ相談してみることだ」

あっさりと入江無手斎が言った。

「上様は賢君と評判のお方だ。無理なことをやれとは言われまい」

「それはそうでございまするが」

「悩む暇があれば、動け。剣の戦いで思案している余裕など、相手は与えてくれぬぞ」

入江無手斎が、諭した。

「お教えかたじけのうございまする」

聡四郎は礼を述べて、道場を後にした。

屋敷へ戻った聡四郎は、いつものように紅の手伝いを受けながら、常着へと着替えた。

「紅」

「なに」

聡四郎が脱いだ裃などをたたみながら、紅が首をかしげた。

「話がある」

「また馬鹿をしようというんじゃないでしょうね」

すっと紅の目が細められた。

「京へ上ろうと思うのだが」

「なんのために……あなたが言うなら、お役目しかないんだろうけど」

「……ふふ」

紅の口調に聡四郎が笑った。一緒になる前は、ずっとあんた呼ばわりであった。

ひどいときは、そのあとに馬鹿が付いた。それが、あなたになっただけ、聡四郎は出世したのだと思い、頬が緩んだ。

「なにを笑っているのか、お聞かせいただけ……」

「いや、なんでもない」

剣呑《けんのん》な雰囲気に変わった紅に、聡四郎があわてた。

「そのとおり、役目である。ただ、御広敷用人というお役目は、かつての勘定吟味役と違い、江戸を離れる性質のものではない。それで留守中になにかあるやも知れぬ」

御広敷用人の前、聡四郎は勘定吟味役を務めていた。幕府の金の動きすべてを監察する勘定吟味役は、京大坂、あるいは長崎でも足を延ばすことができた。

「気にしないでいいわ」

紅が首を振った。紅は名ばかりとはいえ、吉宗の養女である。身分からいけば、そのあたりの大名の正室よりも高い。そのうえ、江戸の人足を一手に収めている相模屋の一人娘なのだ。紅が一声かけるだけで、百人やそこらは簡単に集まる。

「玄馬は残していく」

「要らないから、連れて行きなさい」

紅が言った。

「どうせ、危ないまねするんでしょう」

「調べに行くだけだ」

「今まで、無事だったことあった」

冷たい声で紅が問うた。

「肩の骨、くっついたとはいえ、少し動きにくくなったって言ってたわよね」

紅がじっと聡四郎を見た。

「…………」

聡四郎は黙った。

勘定吟味役として最後の仕事が、大奥への手入れであった。

将軍の私《わたくし》である大奥は、表にかかわらないのが決まりであった。しかし、男は抱いた女に弱い。寵愛している側室から、あの老中は大奥へ厳しすぎるなどと、睦言に聞かされれば、つい動いてしまう。女の機嫌を損ねて老中が罷免される。

幕府の人事どころか大名旗本の生死を握っている将軍をおさえている大奥に、役人たちはどうしても遠慮する。

当然大奥は増長し、その金遣いも荒くなった。

そこで聡四郎は、絵島の一件を受けて、大奥女中の代参の寄り道を洗い出すことにした。

大奥に奉公している女たちが、外へ出られるのは、御台所、あるいはお腹さまの代わりに、増上寺や寛永寺などの法要《ほうよう》に参加するしかなかった。

大奥というくびきをはずれた代参ほど、女中たちにとっての楽しみはなかった。また、幕府も、厳しく取り締まらなかった。厳格に行き帰りだけさせて、不満をためさせると、その恨みは表へ及ぶ。

代参へ出た奥女中たちは法要の後、芝居を見たり、花見をしたり、酒食を楽しんだりするのが決まりとなっていた。

月光院付きの年寄絵島のことがなければ、代参の余得くらい放置されていただろう。

そこで勘定吟味役が出ることになった。芝居見物や酒食の費用がどこから出ているのかを聡四郎は調べるように命じられ、特例をもって大奥へ立ち入った。そこへ、家継の殺害を請け負った一人働きの忍が、侵入してきた。城中のことでもあり、鯉《こい》口《ぐち》を切ることのできなかった聡四郎は、刺客《しかく》の一撃を右肩で受け、骨を折られていた。

その傷は治った。されど、わずかな違和感が動きに残っていた。

「あたしは、あなたの妻。ずっと一緒にいるのよ。気づいてないとでも思ったの」

娘時分の言葉遣いに戻った紅が、詰め寄った。

「いや、そうではない。たいしたことはないのだ」

惚《ほ》れた相手でありながら、聡四郎は紅が苦手であった。

「お役目をやめても、あなたはきかないから……だから、玄馬さんを連れて行って」

紅が泣きそうな顔に変わった。

「すまぬ」

聡四郎は礼を述べた。

「明日、上様へ申しあげる。早ければ、明後日に発《た》つ」

「はい。用意をしておきまする」

紅が武家の妻らしく、指をついた。

四

江戸城中奥将軍家お休息の間で、吉宗は政務をみていた。

かつてはもう少し表に近い御座の間が使われていたが、五代将軍綱吉の御世《みよ》、老中たちの執務部屋である御用部屋前で大老堀田筑前守正俊《ほったちくぜんのかみまさとし》が、若年寄稲葉石見守《いなばいわみのかみ》正休《まさやす》に刺し殺されるという事件の影響で、より奥のお休息の間へと移された。

政をみるために作られた御座の間に比して、わずかながらお休息の間が狭い。

「上様、御広敷用人、水城聡四郎がお目通りを願っておりまする」

「婿がか」

わざと吉宗は、聡四郎のことを身内呼ばわりした。

「は、はい」

取り次いだ小姓が戸惑った。

「わかった。婿ならば、ここでなく庭がよかろう。四阿で待つように言え」

「はっ」

吉宗の命である。小姓は首肯してお休息の間を出て行った。

「よし。これを御用部屋へ回しておけ」

書付に墨を入れて、吉宗は小姓へ渡した。

「はい」

受け取った小姓が、漆塗《うるしぬ》りの盆へ書付を入れた。

「少し庭へ出てくる。婿と話じゃ。誰も付いて来ずともよい。さほどときはかからぬ。目通りを願う者がおらば、待たせておけ」

立ちあがった吉宗は、一人庭へと向かった。

「なにを考えておられるのやら」

表坊主《おもてぼうず》に案内されて、先に庭の四阿へ来た聡四郎は困惑した。

御用の話をするために、お休息の間へ行ったのだ。それを吉宗が、私の用件に変えてしまった。

「目付どのに叱られねばよいが……」

聡四郎は嘆息した。

目付は旗本の非違《ひい》を監察する。御用ではなく私用で吉宗を呼び出したのならば、大問題である。お休息の間には、小姓、小納戸、表坊主が何人も詰めているのだ。今ごろ、聡四郎のことは、城中全部に広まっていると考えるべきであった。

「上様にお目通りした後御広敷へ戻ると、目付が待っていたなど勘弁して欲しいな」

聡四郎はぼやいた。

「気にするな。躬がそうせいと言ったのだ。目付あたりがなにを言えるものか」

「上様」

ゆっくりと聡四郎は振り向いた。

「で、なんだ」

いきなり吉宗が用件を問うた。

「京へ行かせていただきたく」

「竹に関係するのだな」

「さようでございまする」

「どのくらい入り用だ」

吉宗が期間を訊いた。

「東海道《とうかいどう》を上るのに七日、京での調べに五日、帰りがまた七日。予備日を入れて二十日もあれば」

聡四郎が見積もった。

「よかろう。旅の費用はあとで渡す。念のため、御広敷に届けるのを忘れるな。つまらぬことで足を引っ張られてもおもしろくない」

「ありがとうございまする」

金のことは言い出しにくい。それを吉宗が口にしてくれた。聡四郎は感謝した。

「それだけか」

「もう一つ、よろしゅうございましょうか」

「言え」

吉宗が促した。

「じつは先日会津の藩邸を訪ねまして……」

聡四郎は、語った。

「相変わらず、直截《ちょくせつ》じゃの」

聞いた吉宗があきれた。

「金の裏を知り、少しは世慣れたかと思ったが……紅も苦労するの」

「申しわけございませぬ」

思わず聡四郎は謝った。

「まあよい。そうか、会津の家臣が、歴代の諡《おくりな》を調べろと言ったか」

「はい」

「調べさせよう。結果は、そなたの手元に届けてやる。どこにいようともな」

「かたじけのうございまする」

聡四郎は頭を下げた。

「下がっていい」

「では、これにて」

片膝ついて一礼した聡四郎は、城中へと戻った。

「上様」

「四郎右衛門か」

吉宗が確認した。

「よろしゅうございますので」

「構わぬ。伊賀が東海道を上っているのだ。そこへ一石を投じるのもおもしろかろう」

馬場が訊いた。

「伊賀の気をそちらにも向けさせるおつもりでございまするか」

「…………」

無言で吉宗は答えなかった。

「差し出がましいことを申しあげました」

あわてて馬場が詫びた。

「役に立ってもらわねばならぬ。そのために役目に就いていないときも家禄を支給

「もし、水城が殺されたならば、伊賀を潰すいい理由になる。上司を旅先で害したとなれば、いかに神君伊賀越えの手柄があろうとも許されぬ」

冷たく吉宗が宣した。

「はい」

馬場が同意した。

御広敷で、聡四郎は小出半太夫へ、上様の御用でしばし江戸を離れる旨を伝えた。

「どこへ」

「京へ参りまする」

「……京」

小出半太夫が首をかしげた。

「まさか、新しい側室を探すために……」

驚きの顔で、小出半太夫が聡四郎を見た。

将軍の側室を調べてみると、その多くが京の出であった。

五摂家あるいは宮家から正室を迎えるのが将軍の慣例である。正室には京の公家の娘や町人の娘が女中として付いてくる。正室のもとへ将軍が通ううちに、それらの女中の誰かに目がいくのは当然であった。しかし、吉宗は正室がいない。大奥へほとんど足を踏み入れないのだ。その状態で新しい側室を見つけるのは難しい。

「なるほどな。側室探しを任とするから、上様付きの御広敷用人だったのか」

小出半太夫が納得した。

「では、よしなに」

聡四郎は御広敷用人詰め所を出た。

御広敷用人詰め所での会話はすべて、隣室の伊賀者詰め所に聞こえた。

「まずいな」

藤川が苦い顔をした。

「新しい側室が、大奥以外から来る。その者は大奥ではなく、上様につくぞ」

ようやく天英院と月光院の手打ちがなり、大奥が一枚岩に戻った。だからこそ、金を出せるし、伊賀者が身を託すにたりる。しかし、そこへ大奥を知らない女たちが割りこんでくれば、平穏は崩れる。

もともと仲の悪い天英院と月光院である。新しい勢力をともに排除しようとするより、取りこんで己の力をあげ、かつての敵を葬ろうとするはずだ。そうなれば、伊賀者への援助などなくなる。

「これは報さねばならぬな」

すっと藤川は、大奥の床下へ潜《もぐ》りこんだ。

大奥には伊賀者の道があった。なにせ、男の入れない大奥で将軍の身を守るには、天井裏、もしくは床下を利用しなければならない。手間をかけず、藤川は姉小路の局の床下へ着いた。

「姉小路さま」

「ひゃう」

尻から声がした姉小路がみょうな声をあげた。

「お静かに」

あわてて藤川が制した。

「お局さま、いかがなさいましたか」

側に居た奥女中たちが、問うた。

「なんでもない。虫が目の前を飛んだだけだ」

姉小路が手を振った。

「ご返事はご無用に。松島さまとご相談のうえ、文をお願いいたしまする。下のご錠口まで要らなくなったものをお出しいただき、そこへ文を忍ばせていただきますよう。先ほど……」

手早く藤川が説明した。

「…………」

心構えができれば、さすがは大奥上臈である。新しい側室の話にも、反応しなかった。

「では」

藤川は詰め所へ退いた。

返答は一刻（約二時間）かからずに届いた。

「尻に火がついたか」

大奥も幕府の内である。すべからく前例慣例で動く。一枚の書付を作るだけでも、右筆に内容を書かせ、それを表使いに渡して確認させた後、お使い番の手を経て、七つ口の御広敷番へと渡される。その手間だけでも、相当であった。

「ふむ」

内容を読んだ藤川が立ちあがった。

御広敷に伊賀者の居場所は、二つあった。建物のなかにある伊賀者詰め所と、門脇にある伊賀者番所である。伊賀者詰め所が控えで、番所が役目を果たすところと区分けされていた。

「結界を」

番所へ入った藤川が命じた。

「すでに」

なかにいた伊賀者が答えた。

「残った者は何人いる」

褒めもせず、藤川が訊いた。

「当主を除けば四人」

「少ないな」

難しい顔を藤川がした。貧しい伊賀者である。あまり多く子供が生まれると、食べていけなくなる。伊賀者は、子供を産んでも三人くらいまでで止めていた。

「なにをいたすので」

「上様付きの御広敷用人が、京へ側室探しに向かう」

「水城か」

藤川の話に、伊賀者が述べた。

「江戸を離れれば、お庭番の目も届かぬ。我らを受け入れなかった者だ。葬り去るに絶好の機会である」

「仕留めてよろしいのだな」

組頭の話に、伊賀者が返した。

「目立たぬようにせねばならぬがな」

旅先で人が死ぬことは多い。崖から落ちたり、川で溺《おぼ》れたり、あるいは病を得たりして、たくさんの人が死んでいく。だからこそ、旅立ちの日、家族友人と別れの水盃《みずさかずき》を交わすのだ。

「ならば、女を含めればいい。そうすれば、人数も増える」

歳嵩《としかさ》の伊賀者が言った。

「遣いものになるのか」

「二人ならば、そこらの旗本より遣える」

「……いないよりましか」

少し迷った藤川だったが、結局認めた。

「明日、御広敷用人は江戸を離れる。今日中に男二人と女一人、先行させせよ」

藤川が指揮した。

「残りは後をつけていけ。決して気取《けど》られるな」

「舐《な》めてくれるな。伊賀者が旗本ていどに見つかるものか」

伊賀者がうそぶいた。

「どこで仕留める。やはり箱根《はこね》か」

小田原《おだわら》と三島《みしま》の間にある箱根の関所は、東海道一の難所である。木々に囲まれ、曲がりくねった街道は、人を襲うに最適であった。

「箱根まで行かずともよかろう。品川を出たところでもいいが、あまり江戸に近いと検死役を出されても面倒だ。六郷《ろくごう》の渡《わた》しあたりがよかろう」

六郷の渡しは、東海道川崎《かわさき》の宿場の手前にあった。

もとは橋が架かっていたが、度重なる水害で流され、五代将軍綱吉の御世から船渡しになっていた。

「承知」

歳嵩の伊賀者がうなずいた。

江戸を離れる旅人と家族は、街道の起点で別れを惜しんだ。東海道ならば、品川の宿場がそうであった。

「伊之介《いのすけ》でございまする」

別れの宴を催すために入った茶店で、聡四郎は見たこともない男に出迎えられた。

「来てくれていたの、伊之介」

聡四郎の後ろにいた紅が、声をかけた。

「これはお嬢さま。ご無沙汰をしておりまする」

伊之介が腰を屈めた。

「面倒をかけるわ」

紅が挨拶に応えた。

「誰だ」

放置された聡四郎が紅へ訊いた。

「相模屋の番頭だった者でございますよ。久しぶりだね」

答えてくれたのは相模屋伝兵衛であった。

「旦那さまもお変わりなく」

相模屋伝兵衛の前で、伊之介がふたたび頭を下げた。

「もと番頭……」

「店を数年前にやめて、この品川で茶店をやっておりましてね。ご存じのとおり、品川は東海道第一の宿場で、多くの旅人が行き来しまする。旅の話も集まりやすいだけでなく、この伊之介もときどき上方《かみがた》へ、頼まれ仕事で参りますので、いろいろ詳しゅうございまする」

伊之介を相模屋伝兵衛が紹介した。

「どういうことだ」

聡四郎は、紅に問うた。

「宿代の交渉とか、食事の手配とか、できるの」

「それは……」

代々水城家は勘定筋の家柄である。だが、四男で本来家督を継げない聡四郎は、まったく勘定について学んでいなかった。

「玄馬さんは、少しましだろうけど、それでも不安だから。旅慣れたのを一人こっちで手配したのよ」

あっさりと紅が言った。

「しかし……」

紅の心遣いを聡四郎はありがたいと思ったが、他人に迷惑をかけるわけにはいかない。

聡四郎は断ろうとした。

「よろしゅうお願いいたしまする。旦那さま」

すっと呼吸をはかって、聡四郎の口を伊之介が抑えた。

「駄目だと言ったら、わたしがついていくわよ」

「……わかった」

紅の脅しに、聡四郎は屈した。

第五章　街道の争

一

東海道を京へ上るものは、その多くが一日目の宿を程《ほど》ケ谷《がや》か戸塚《とつか》で取る。少し健脚ならば、藤沢《ふじさわ》にまで足を延ばす。

水城聡四郎たちは、品川を出た後歩みを早め、藤沢を目指した。

「あまり初日から、急ぎすぎるのは疲れのもとでございまする。足をまず草鞋《わらじ》に慣らさないと」

紅からつけられた伊之介が注意した。

「わかっておるが、御用なのだ。あまり長く江戸を離れてはおれぬ」

聡四郎が首を振った。

「お急ぎなら馬をお遣いになればよろしゅうございましょう」

街道筋の大きな宿場町には問屋場《といやば》があり、馬を借りることができた。馬は次の問屋場までで、そこで返すことになり、費用もけっこうかかる。もっとも公用旅である聡四郎は無料で問屋場から馬を借り出せた。

「馬だととっさに動けぬからな」

聡四郎は首を振った。

「なるほど」

伊之介の目が光った。

「お嬢さまから、少しお話は聞きましたが、今回も」

「黙っては行かせてくれまいな」

のんびりとした遊山旅《ゆさんたび》にはならないと聡四郎は覚悟していた。

幕府の公用旅といえども、実質は遊山旅に近かった。泊まりは本陣を使い、問屋場で馬を借り、渡し船などは借り切る。大名たちにとって、領地を役人が通るのは面倒のもとでしかない。なにか見つけられたり、あら探しをされては困るのだ。大名によっては、本陣ではなく、家老の屋敷などへ招き、酒食の提供をしたりして機嫌を取った。女の世話までするところもあった。

吉宗付きの御広敷用人と身分を明らかにすれば、聡四郎も接待を受けられる。しかし、前職の勘定吟味役で、見返りを求めない厚意は、役人の世にはないと身に染みている。

聡四郎は身分を隠して京へ上るつもりであった。

「ならば、少し離れておりましょうか」

伊之介が問うた。

「少し後からついていけば、旦那方の後を付けている者に気づけましょう」

「もう遅いな」

提案を聡四郎は否定した。

「品川の茶店を出たところから見られているはずだ。もう、おぬしが我らの供だと気づかれている」

「さようでございまするか」

聞かされても伊之介はあわてなかった。あわてて周りを見るような愚《ぐ》もおかさない。

「ほう」

「なかなか」

聡四郎と大宮玄馬が顔を見合わせた。

「伊之介どの。武術の心得をお持ちか」

玄馬が問うた。

「とんでもない」

大きく伊之介が手を振った。

「ただ相模屋さんにお世話になっていたとき、荒くれ人足の相手をしていたのと、独り立ちしてからは、金をせびりに来る無頼《ぶらい》連中を叩き出していたていどで」

「それでか。その胆力《たんりょく》は。相模屋に来る連中は、手強いからな」

「旦那さまもご存じで」

「最初、紅に、仕事を探している浪人者とまちがえられて、相模屋へ連れて行かれたからな」

懐かしい思い出であった。あれがなければ、聡四郎と紅は触れあうことなく、今も他人のままであったであろう。

「お嬢らしい」

伊之介が笑った。

「まあ、人足どもに子守《こもり》されて育ったようなお嬢でござんすからねえ。最初、お旗本さまの奥さまになると聞いたときは、別人じゃないかと思いましたから」

剣術遣いは足が速い。その聡四郎たちに遅れることもなく伊之介はついてきた。息を荒くもしていなかった。

「それが、いい奥さまぶりじゃございませんか。驚きやした。とてもあのお侠《きゃん》な、お嬢と同じ人だとは……」

大仰《おおぎょう》に伊之介が驚いてみせた。

「あまり言うな。吾が妻だ」

聡四郎は、苦笑した。

「こいつは、ご無礼をいたしました」

伊之介が頭を下げた。

「後を付けてきている気配はございませんねえ」

頭を下げたとき、伊之介がちらと後ろを見た。

「気配はないな」

聡四郎も同意した。

足を速めているのは、後を付けてくる者を見つけるためでもあった。

普通の旅人を、何人も抜き去っていくのだ。聡四郎たちの後を付けている者も、合わせて足を速めることになる。

街道でほとんど走るに近い速度で進んでいれば、どうしても目立つ。

「それだけにたちが悪い。ときの利を最初から奪われているも同然だからな」

「地の利もでございまする」

玄馬が加えた。

ときの利は、奇襲を掛けてくる敵に最初からある。地の利は、どちらにもないように見えるが、やはり襲うほうが有利であった。己たちの得意なところを選ぶだけで手にできた。

弓矢を使うなら、広々として狙撃を邪魔する木立《こだち》などのないところを、ひそかに近づいて一気に襲い来るならば、森のなかや山のなかを選べば、それだけで大きな利を得られる。

こちらから先手を打てない戦いは、聡四郎たちに不利であった。

話しながらも足を緩めることなく進んだ聡四郎たちは、品川を出て一刻（約二時間）たらずで六郷の渡しに着いた。

「払ってまいりまする」

船賃は一人十三文と決まっていた。大井川《おおいがわ》の渡しのように、会所があるわけでもなく、直接船頭に金を払う。

「五人分払うよ」

伊之介が船頭に六十五文渡した。

「ありがとうございまする。どうぞ、舳先《へさき》の一桝《ます》をお使いくだせい」

船頭が愛想《あいそ》よく言った。

六郷の渡し船は、大きい。定員を三十人と称し、一杯になるまで出さない。

「旦那、どうぞ」

「よいのか」

聡四郎が気兼ねをした。

「人数分より多く払って、一桝を借り切らなければ、身体が触れあうことになりますよ」

小声で伊之介が告げた。

「なるほど。手数をかけた」

隣が刺客かも知れないのだ。聡四郎は、伊之介の手配に感謝した。

「もっとも、わたくし一人で旅するときでも、一桝借り切りますので。そうしないと掏摸《すり》やら護摩《ごま》の蠅《はえ》やらが寄ってまいりまする。財布を取られることを思えば、船賃など安いもので」

「いや、知らなかった」

「まこと、勉強になりまする」

聡四郎と玄馬が感心した。

「お嬢が、わたくしを付けた理由がわかりました」

伊之介が嘆息した。

「船が出るぞ」

おおむね八割ほど客が入ったところで、船頭が大声をあげた。

「急いでおくんなせえ」

「待ってくれ。乗る」

船頭の声に急かされて、街道を何人もの旅人が走ってきた。

人数がそろわないと出ないのだ。一つ逃すと、かなり無駄なときを喰うことになる。

「出しまっそおお」

満員になったと船頭が、船を出した。

「殿」

乗り合わせた乗客の顔を玄馬が確認していた。

「無駄だ。簡単にわかるような相手なら苦労せぬ」

聡四郎が緊張する玄馬を諭した。

六郷川は、川幅およそ五十間《けん》（約九十メートル）弱、普段は穏やかな流れだが、雨が降ると一気に濁流となった。天気さえよければ、あっという間に渡り終える。

「桟橋に近づきますよ」

舳先に座っていた伊之介が教えた。

「おう」

そちらに聡四郎も目をやった。

桟橋を挟んで反対側に、同じ渡し船が泊まっていた。すでに、客が半分くらい入っている。

「着きますぞおおお。荷物などを落とされないよう、しっかり掴《つか》んでいてくださいよ」

竿《さお》を操っていた船頭が、注意を促した。

軽い衝撃とともに、船が桟橋に着いた。

といったところで、桟橋の長さは、船の半分もない。長い桟橋を作っても、一度大雨が降ると流されてしまう。流されてもすぐに再建できるていどの長さまでしか延ばさないのだ。

「行きやしょう」

揺れがおさまる前に伊之介が立ちあがった。

「どうぞ」

さっと舳先を押さえ、伊之介がうながした。

「助かる」

聡四郎は立ちあがった。

船から舳先へと右足をかけ、聡四郎が体重を移そうとした。

「しゃっ」

小さな気迫が聞こえ、光るものが聡四郎目がけて飛んできた。

低い船から少し高い桟橋へ、上がろうと動いていたのが幸いした。左手で、太刀と脇差がぶつからないよう、太刀の鐔元《つばもと》を摑んでいた聡四郎は、そのまま太刀をまっすぐに鞘ごと突き出した。

甲高い音がして鐔が光るものを防いだ。

「殿」

続こうとしていた玄馬が、あわてて桟橋へ跳びあがろうとした。

「……死ね」

その背中へ、同じ船に乗り合わせていた若い百姓女が飛びかかった。

懐に隠していた短刀を抜き、突いた。

「ちっ」

間に合わないと考えた玄馬が、その刃を背中にしょっていた荷物で受けた。

「なんだ」

荷物のなかには着替えなどが折りたたまれて入っている。座布団で受けたような形になり、短刀の刃は止められた。

「くそっ」

罵《ののし》った女が短刀を引いて、斬りつけようとした。

「遅い」

突かれた瞬間に身体を回していた玄馬が、脇差を抜き撃った。

入江無手斎から、一放流小太刀を創始していいといわれたほどの玄馬の一刀は疾《はや》い。

「ぐげっえ」

首根を裂かれて、女が川へ落ちた。

「ひえええええ」

「人殺し」

何事かと見ていた乗り合い客が悲鳴をあげた。

「…………」

さっと客たちを見て、さらなる敵がいないことを確認した玄馬が、聡四郎の方へ目をやった。

「なにやつ」

聡四郎が弾《はじ》いたものは、一本の棒手裏剣であった。

「伊賀か」

手裏剣を確認した聡四郎は苦い顔をした。

「…………」

出発を待っていた渡し船から、二人の侍が飛び降り、太刀を抜きかかってきた。

「離れていろ」

伊之介へ命じて、聡四郎は対峙した。

「はあっ」

すばやく近づいてきた一人が、手にしていた太刀を振るった。

「おう」

伊之介を気にしただけ、聡四郎は遅れ、大きく喰いこまれた。

太刀を抜く間はなかった。聡四郎は柄頭《つかがしら》で、一撃を受けた。柄頭には金冠が着けられている。甲高《かんだか》い音がして刃が止まった。

「えいやあ」

そのまま柄を押しあげる。

「……くっ」

侍が押されて間合いを空けた。

「逃がすか」

追い撃つように、聡四郎は太刀を居合いに遣った。

「はっ」

すさまじい体術で、侍が聡四郎の一閃《いっせん》をかわした。

「しゃああ」

残っていた一人が、伸びきった聡四郎の胴へ、太刀をぶつけた。

「させぬ」

玄馬が割りこんだ。

「じゃまを……」

後ろへ跳んで、もう一人の侍も距離を取った。

「助かった」

「遅れまして申しわけございませぬ」

聡四郎の礼へ、玄馬が詫びで応じた。

「行くぞ」

二人の侍が顔を見合わせた。

「ああ」

腰より低い位置へ太刀を突き出し、刃を上にしたみょうな構えを二人の侍がした。

「来るぞ」

太刀を右肩へ背負い、少し膝を曲げた一放流基本の形に、聡四郎は取った。

「はい」

玄馬は脇差を青眼《せいがん》より少し低い位置で構えた。

「…………」

無言で二人が滑るようにして近づいてきた。狭い桟橋の上である。もともと間合いはほとんどないに等しい。すぐに一足一刀の間合いになった。

「やっ」

「ぬん」

下段から太刀を斬りあげてきた侍へ、聡四郎は渾身《こんしん》の一刀を落とした。

一放流の真髄《しんずい》はその疾さにある。聡四郎の一撃は、伸びてきた侍の両手を飛ばした。

「ぎゃっ」

苦鳴をあげて、侍が転んだ。

「…………」

残った侍も玄馬へ襲いかかっていた。

上段は遠く、下段は近い。侍の切っ先が、玄馬の下腹へ届きそうになった。

「えい」

刃は上に向いている。玄馬は、侍の刀の峰を右足で蹴《け》りあげた。

「なにをっ」

無理矢理力を加えられて、太刀の軌道がずれた。

「はっ」

驚く侍の胸へ、玄馬が脇差を突き出した。

「はくっ」

心の臓の急所をやられた侍が、息をついて死んだ。

あたりに鉄さびのような血の臭《にお》いが立ちこめたが、すぐに川風が消した。

「だ、旦那」

離れていた伊之介が震えていた。

「大事ないか」

警戒を緩めず、周囲へ気を配りながら、聡四郎が問うた。

「わたくしは、なんとも。旦那さまこそ……血が」

「返り血だ。傷は負っていない」

聡四郎が否定した。

「玄馬、背中は大丈夫か」

手裏剣に対応しながらも、聡四郎は玄馬を見ていた。

「着替えはだめになったでしょうが……なんともございませぬ」

顔をしかめながら玄馬が首を振った。

「重畳《ちょうじょう》だ」

懐から鹿皮《しかがわ》を出し、聡四郎は太刀の血を拭《ふ》いた。玄馬も倣う。

血は刀にとって天敵であった。放置しておくとすぐに錆《さび》の原因となった。また、そのまま鞘に戻せば、なかで固まってしまい、抜けなくなる。

「お、お侍さま、なにが」

蒼白な顔色で船頭が訊いてきた。

「わからぬ。不意に襲われたゆえ、応じただけだ」

聡四郎は首を振った。

「お役所に届けなければなりませぬ。畏れ入りまするが、ご同道を」

「幕府旗本御広敷用人水城聡四郎とその家士、小者である。公用で、京へ向かう途中であり、本日は藤沢で宿を取る。用があれば、そこまで来るように」

船頭の願いを、聡四郎は名乗ることで拒んだ。

「それは……」

困惑の顔で船頭が、伊之介を見た。

金を払っただけだが、少しでも触れあった伊之介へ、船頭が助けを求めた。

「はああ」

伊之介がため息を漏らした。

「旦那さま。さすがにこの状況で、日程どおりに動くのは難しゅうございまする。この者もこのまま旦那さまを行かせたとあっては、代官所《だいかんしょ》から叱られましょう」

このあたりは関東郡代《かんとうぐんだい》の支配地であった。

「どうすればいい」

関東郡代は、伊奈《いな》家の世襲《せしゅう》である。今の当主伊奈半左衛門忠逵《はんざえもんただみち》は勘定吟味役上席を兼ね、四千石を食《は》む名門旗本であった。敵に回していい相手ではなかった。

「一日予定が延びまするが、神奈川《かながわ》の宿で本日の止めといたしましょう」

尋ねられて伊之介が提案した。

「そうしていただければ」

船頭が喜色《きしょく》を浮かべた。

「しかたないか」

聡四郎は、己の身なりを見た。血は早く落とさないと取れなくなる。

「本陣でよろしゅうございますか」

伊之介が確認した。

「ああ」

「では、石井源左衛門《いしいげんざえもん》方におりまする。もし、お問い合わせなどありましたら本日中にお願いいたしまする。明日は早立《はやだ》ちいたしますので、あまり遅いのもご遠慮くださいまし」

こちらが譲ったのだからと伊之介は条件を付けた。

「そのようにお伝えいたしまする」

何度も船頭が頭を下げた。

「参りましょう」

伊之介が、歩き出した。

多くの旅人が怯《おび》えた目で見つめるなか、聡四郎たちは東海道を進んだ。

二

河原を過ぎ、他人目のなくなったところで、聡四郎は玄馬へ話しかけた。

「忍であったな」

「はい」

玄馬が同意した。

「待ち伏せされていたのは、まだしも、後ろにいた者に気づかなかったのは不覚であった」

「申しわけございませぬ」

深く玄馬が詫びた。

「いや、玄馬のせいではない。気づかなかったのは、吾も同じだ」

聡四郎は苦い顔をしていた。

「少し鈍《なま》ったか」

争いのない日々が、勘を鈍《にぶ》らせたかと聡四郎は苦い顔をした。

「わたくしも修練を怠っておりました」

剣術遣いから、水城家の家宰となった玄馬が、日々の雑用に追われ、稽古しにくくなったのは確かであった。

「あれで……」

聞いていた伊之介が絶句した。

「今はどうだ」

「まったくなにも」

問われた玄馬が首を振った。

「手練《てだ》れだな」

「はい」

「えっ」

顔を見合わす二人に、伊之介が怪訝な顔をした。

「忍が、全滅することはない」

聡四郎は言った。

「戦いに加わらず、その結果を見届ける役目がいる」

「そんなものが」

伊之介が振り返った。さすがに目の前で人死にを見たのだ。動揺して当然であった。

「でなければ、敵地で忍ぶことなどできまい。城のなかへ忍ぶ者と、外で待つ者。二つあって初めてなりたつのだ。忍んだ者が死んで出て来なくなれば、その旨を持ち帰り、より以上の戦力を手配する。出てきたならば、その者が得たものを分割するなり、写すなりして、本拠へ帰る。こうすれば、追っ手がかかっても、どちらか一方はたどり着けよう」

「そこまで」

説明に伊之介が驚いた。

「こちらが待ち伏せますするか」

玄馬が訊いた。

「いいや、止めておこう。先ほどは三人しか襲ってこなかった。あきらかに六郷の渡しを地の利として使っていたことから考えて、残りは一人か二人。それ以上はおるまい。それに一人は江戸へ結果を報せに走っているはずだ。となれば、いても一人だろう。こちらがみょうな動きを見せれば、逃げるだろう。また、街道で戦い、旅人を巻きこむわけにもいかぬ」

はっきりと聡四郎が拒否した。

「出過ぎたまねを」

「気にするな」

頭を下げる玄馬へ、聡四郎が首を振った。

「それより、太刀の手入れもしたい。宿へ急ごう」

鹿皮で拭《ふ》くのは応急でしかない。ちゃんとした研《と》ぎにださないと、切れなくなる。血脂の処理も大事だが、斬ることでできた刃の欠けなどを取っておかないと、着物に引っかかったりして、勢いが減じる。勢いを失った太刀では一撃必殺とはなりにくい。

「へい」

伊之介が足を速めた。

神奈川の宿場は、神奈川湊《みなと》の側に沿う形で続いていた。並木町《なみきちょう》から軽井沢町《かるいざわちょう》までの十六町からなり、その長さは五丁（約五百四十五メートル）余りあった。宿場の中央を流れる滝野川《たきのがわ》で分断され、本陣の石井は、滝野川の東、西之町にあった。

「御広敷用人水城聡四郎である。公用旅じゃ。一夜の宿を願う」

本陣の玄関で聡四郎が名乗った。

「……これはお役人さま。どうぞ、奥へ」

応対に出たのは、主の石井源左衛門であった。一瞬、聡四郎の着物に付いた血に眉《まゆ》をひそめたが、なにも言わず、受けた。

「世話になる」

足を濯《すす》がせ、聡四郎たちは本陣へ荷を置いた。

「後ほど関東郡代どのの使いが来るやも知れぬ。もし、我らが出ていたならば、座敷へ通しておいてくれるよう」

伝えておいたほうが、すんなり話が進むと聡四郎は、主へ伝えた。

「お着物をお預かりいたしましょう」

部屋へ案内した主が申し出た。

「うむ。道中で凶賊に襲われ、退治したのだが、血を浴びてしまった。そのことで郡代どのから人が来る」

「はい。では、代わりをお持ちいたしまする」

主が一度下がり、替えの着物を聡四郎へ差し出した。

「借りるぞ」

「どうぞ。ところで、夕餉はいかがいたしましょう」

うなずいた主が、問うた。

本来本陣は食事を出さない。これは、本陣の主たる客である参勤交代の一行が、食事を自前で持ちこむからであった。

大名の参勤交代は、行軍《こうぐん》と見なされる。行軍では、食事どころか、風呂も夜具も予《あらかじ》め用意しておかなければならない。参勤行列は、本陣に泊まっても台所を借りるだけであった。

「頼めるか」

聡四郎が確認した。

本陣も食事を出さないわけではなかった。立派な台所もあり、調理人も置いている。

「急なお出ででございましたので、たいしたものはできませぬが」

「かまわぬ。三人分頼む」

「では、そのようにいたしまする」

宿帳への記載を受けて、源左衛門が下がっていった。

「昼餉を摂《と》りに出るか。ついでに刀の研ぎもしてもらわねばならぬ。着物も手配せねばならぬ」

明日の朝出立《しゅったつ》までに預けた着物が返ってくるとは思えなかった。

「ちょっと訊いてきましょう」

身軽に伊之介が立ちあがった。

「研ぎ師は、本陣を出て滝野川を渡って、二筋目を山のほうへ入って三軒目だそうでございまする。古着屋は一度街道へ戻って、一筋先の右手だとか」

戻ってきた伊之介が報告した。

「行こう」

聡四郎が一同を促した。

刀の手入れを終え、古着を手に入れ、昼餉を摂った聡四郎たちが、戻ってくるのを見張っていたかのように、関東郡代の手代《てだい》が本陣を訪れた。

「関東郡代伊奈半左衛門の手代、光浦市太郎《みつうらいちたろう》でございまする。役儀《やくぎ》をもってお話をうかがいたい」

手代は二十俵三人扶持という身分の軽い者である。ただ、郡代あるいは代官の支配地である天領では、あるていどの権を振るえた。

「ご苦労に存ずる。六郷の渡しの一件でよろしいか」

身分は大きく違うが、相手も幕臣である。水城家の家士であり、陪臣である大宮玄馬や、町人でしかない伊之介に対応させるわけにはいかなかった。

「さようでございまする。不意に襲われたとのことでございまするが、あの者たちに見覚えは」

「まったくない」

聡四郎は否定した。

「公用旅とのことでございまするが、御広敷用人どのが江戸を離れられた理由をお教え願いたい」

「上様の命である」

「畏れ入りました」

将軍の名前を持ち出されれば、それ以上言えなかった。

「二人は侍、一人が百姓女だったそうでございますが、それについてなにか」

「なにも存ぜぬ。先ほども申したように、不意なことであったので、何一つまともな対応ができなかった」

小さく聡四郎は頭《かぶり》を振った。

「それにしてもお見事なお手前でございましたが、剣術のおたしなみを」

「旗本として恥ずかしくないほどには、やっておる」

光浦の質問に聡四郎は答えた。

「不意を打たれたというのに、見事なるご対応、ご準備なされておられたのでは」

少し光浦の声が低くなった。

「旅先ではなにがあるかわからぬ。不測の事態に備えるのは、旅人の心得でござろう」

聡四郎はいなした。

「さようでございますな。いや、失礼をいたしました。お役目のことならば、ご容赦を願いまする」

光浦が詫びた。

「明日早いゆえ、これで終わらせていただく。上様の御用に遅れが出てしまいましたのでな。役儀ご苦労でございました。お見送りを、玄馬」

「はい」

帰れと聡四郎が言い、玄馬が立ちあがった。

「……おじゃまをいたしました」

鼻白んだ光浦が、去っていった。

「納得されてはおられませんねえ」

伊之介が嘆息した。

「しかたあるまい。今は御用の途中だ。ゆっくりつきあってやるわけにもいかぬ。まあ、関東郡代どのへ、報せが行くくらいであろう。関東郡代どのは、世襲だ。みようなもめ事にまきこまれたくはなかろうからな。これ以上はなにもないだろう」

聡四郎は首を振った。


江戸を発った二十名の伊賀者は、桑名で二手に分かれた。

「熊野から回る」

「こちらは京、大坂を経て和歌山へ」

それぞれの小頭《こがしら》が顔を見合わせた。

「行くぞ」

熊野から海沿いを通って和歌山へ行く一団を率いる小頭坂口遠弥《さかぐちえんや》が、手を振った。

和歌山へは遠回りになるが、紀州藩領へ入るのは、こちらが早い。

「気を付けろ」

京から大坂を抜けていく班を率いる小頭外堂次郎《げどうじろう》が注意を促した。

「そちらこそ」

坂口が返した。

十名という数は一つになって動けば目立つ。一団でありながら、少しずつ距離を離して、三々五々街道を進んだ。

鳥羽《とば》を過ぎれば、そこは紀州藩領である。

「三手に分かれる」

鳥羽で一泊した坂口が言った。

「吾を含めて四名が本隊。先山《さきやま》、二名を連れて、先行せよ。熊田《くまだ》、残りで後詰《あとづ》めを」

「承知」

「任されよ」

先山と熊田が同意した。

「なにかあれば、熊田らは江戸へ戻れ。決して手を出そうとするな。入り用ならば、吾が合図をする」

「わかった」

熊田が首肯した。

「先山、あわてるな。他人《ひと》並みの早さで歩き、目立たぬようにな」

「心得ておる」

注意された先山が、うなずいた。

「明日よりは敵地である。お庭番の主力は江戸におるとはいえ、紀州は根来修験の本拠じゃ。地の利は、あちらにある。気を入れて参るぞ」

「おう」

一同が唱和した。

「よし、では、熊田、今夜の見張りを頼む。他は休め」

まだ紀州藩領ではないが、油断できるほど離れてもいない。坂口が指示した。

鳥羽は、譜代名門板倉《いたくら》家五万石の城下町である。といったところで、板倉家も宝永七年（一七一〇）に伊勢亀山《いせかめやま》から移封《いほう》してきたばかりであった。

「小さな城下じゃな」

宿の屋根に登った熊田が呟いた。月の光に照らされても大丈夫なように、屋根に張りつくような姿勢をとっていた。

「たしかにな」

熊田の配下に組み入れられた伊賀者が返答した。

「のう、熊田よ。根来修験とは、それほどの腕なのか」

伊賀者が訊いた。

「吾も、それは聞きたいぞ」

もう一人の若い伊賀者も求めた。

「問われても知らぬぞ。なにせ、根来修験が表に出たのは、天正のころじゃ。織田信長にさからって、散々にその軍勢を翻弄《ほんろう》したというが」

「百年以上も前の話か。ならば、あてにできぬな」

歳嵩の伊賀者が言った。

「数はどれほどおるのであろう」

「それも知らぬ。ただ、お庭番が十七家というのを考えれば、それほど多くはなかろう。多ければ、お庭番をもっと増やせるはずだからな」

若い伊賀者の問いに、熊田が答えた。

「なるほど。ならば、あまり怖《おそ》れるにたらぬか」

「なめてかかるなよ。相手の力が知れぬのだ。油断は命取りになる」

「わかっておる」

忠告された歳嵩の伊賀者が、持ち場である宿の屋根の端へと移動した。

「…………」

無言で若い伊賀者も動いた。

屋根の中央で腹ばいになった熊田が、目を閉じた。鼻先からゆっくりと息を吸い、口から糸のように吐く。これを二十二数えながらおこなう。繰り返すたびに熊田の意識は拡がっていく。宿の屋根全体だった範囲が、敷地すべてまで拡がった。

「くへっ」

若い伊賀者がみょうな声をあげた。

「静かにせぬか」

歳嵩の伊賀者が叱った。

「…………」

返答はなかった。

「どうした」

歳嵩の伊賀者が、少しだけ顔をあげて、若い伊賀者を見ようとした。

「かはっ」

小さな苦鳴を残して、歳嵩の伊賀者がくずおれた。

「馬鹿な、どこにも気配など」

驚愕しつつも、熊田は位置を変えた。

小さな音がして、先ほどまで熊田がいた屋根になにかがぶつかった。

「手裏剣」

月の光にちらと映ったものを熊田は見逃さなかった。

「どこだ」

瓦《かわら》に張りつきながら、熊田があたりを見た。

「坂口」

「うむ」

寝ていた伊賀者たちが、屋根の気配に飛び起きた。

「敵か」

「のようだ」

すばやく武器を持った坂口が、忍刀《しのびがたな》の先で窓障子を開けた。

「権田《ごんだ》」

「…………」

呼ばれた伊賀者が無言で、窓障子に近づき、外を見た。

「なにもない」

「三人上がれ。残りは周囲を警戒。田路《たみち》、大内《おおうち》、階段から目を離すな」

坂口の指示で、伊賀者が散った。


「どこにもおらぬ」

熊田は焦《あせ》っていた。

宿は二階建てで、周囲の民家や商家より高い。その屋根に這《は》いつくばっている伊賀者を襲うには、より高いところからでないと無理だ。

しかし、目に入る二階建てのどの屋根にも人の気配はなかった。

「熊田」

宿から三人が屋根へ上がってきた。

「二人やられた。敵は見えない」

熊田が状況を話した。

「わかった」

三人が、屋根の隅へと散った。

「降りてこい」

半刻（約一時間）経って、それ以上の攻撃がないと判断した坂口が命じた。

「灯りを」

死んだ二人も部屋へ運ばれた。忍装束を脱がせ、傷口をあらためる。

「二人とも首筋をやられているな」

「これは……」

「触るな」

手を伸ばしかけた伊賀者を、坂口が制した。

「毒が塗られている」

「……助かった」

伊賀者がほっと息をついた。

「これは手裏剣か」

権田が問うた。

「印地《いんち》だな」

最年長の伊賀者である田路が言った。

「……印地とはなんだ」

坂口が先を促した。

「もとは、小石などを投げる技だ。まあ、手裏剣の一種と考えてくれればいい。薄い鉄を六角に打ち抜いたものに刃を付けたものが使われるらしい。少し中央部が丸く膨らんでいてそこを持って投げるという」

「鉄には見えぬぞ」

説明を聞いた権田が述べた。

「焼きもののようだが」

「鉄でないものもあるのだろう」

田路が答えた。

「熊田、投げた奴は見当たらなかったのか」

「ああ。少なくとも、周囲の二階建ての屋根、庭木には誰もいなかった」

確認に熊田がうなずいた。

「わかった。外の見張りは中止だ。半分は起きていろ」

新たな指示を坂口が出した。

翌朝、日が昇る前に、伊賀者は窓から外へ出た。

「よいのか」

「葬ってやるだけのときがない。鳥羽藩へ報されても面倒だ」

問う田路へ、無念そうに坂口が答えた。死んだ二人の伊賀者は、顔を潰したうえで宿の天井裏へ置いて行かれることになった。

「行くぞ」

「ああ」

三手に分かれるはずだったのを、一つに固まったまま、伊賀者はまだ暗い街道を走った。

「二人減らしたか」

伊賀者の背中を遠くに見ながら、宿の屋根に人影が浮いた。

「上ばかり見おって。印地は投げ方で、大きく曲がるというのも知らぬか。江戸より急報というゆえ、どれほどの腕かと思ったのだが……」

人影が嘆息した。

「あとは、国元の連中に任せる」

海の彼方《かなた》に日が顔を出し、人影を照らした。

「さて、仕事をせねば、主に叱られる」

屋根から飛び降りたのは、宿の女中であった。


東海道を京へ向かった外堂たち十名は、まったくなんの妨害を受けることもなく、都へ着いた。

「ここで三名を分かつ。石塚《いしづか》、二人を連れて、越前へいけ。丹生を探ってこい」

「おう」

石塚が受けた。

丹生は、八代将軍吉宗が、初めて領地をもらったところである。表高三万石とあったが、そのじつは五千石をこえるていどでしかなく、吉宗は一度も国入りしていなかった。

「三日ですませろ。なにかあれば、一人、江戸へ向かわせよ。なにもなければ、急ぎ我らと合流いたせ」

「わかった」

首肯して石塚たちが離れていった。

「残りで和歌山へ行く。西田《にしだ》、一人連れて、物見《ものみ》として出ろ。岸和田《きしわだ》の城下で待ち合わせる」

「承知」

藩士風の身形《みなり》のままで、西田たちが行った。

「残りは、放下《ほうか》せよ。ばらばらになる。大坂は人が多い。それに紛《まぎ》れて紀州へ向かう」

放下とは、いろいろなものに身をやつすことだ。腕のいい忍ならば、老人はもとより、女に化《ば》けることもできた。

「わかった」

残った五人の伊賀者が、身形を変えた。

「行くぞ」

旅の商人に身を変えた外堂が合図した。

京から岸和田まで、普通の旅人なら二泊かかる。目立たぬように、散った伊賀者たちも大坂で一日を過ごし、翌日岸和田へと入った。

岸和田は岡部美濃守《おかべみののかみ》五万三千石の城下町である。入りくんだ堀と高い石垣、数々の櫓《やぐら》を持つ要害であった。

わずか五万三千石とは思えない堅固な城は、大坂にあった豊臣秀頼《ひでより》を見張るために設けられ、その後は天下に不満を持つ徳川頼宣を牽制《けんせい》してきた。

「合図がある」

岸和田の城下、その一つの宿屋に伊賀者だけが見分けられる印がついていた。うまくときをずらして五人の伊賀者は、宿屋に部屋を取った。

「ここで石塚たちを待つ」

外堂が述べた。

「では、少し出歩かねばなるまい」

宿でじっとしていては、かえって目立つ。商人風になった者たちは、城下へ出て行商をおこない、坊主になった者は托鉢《たくはつ》に出かけた。

京で本体と別れ、丹生を目指した三人の伊賀者は、丹波《たんば》に入ったところで顔を見合わせた。

「そろそろよかろう」

「うむ」

「だの」

石塚が小さく手を振った。

「散《さん》」

三人の伊賀者が散った。

「ちっ」

後ろを歩いていた旅人姿の中年男が立ち止まった。

「…………」

左右を見回すが、すでに伊賀者の姿は見えなくなっていた。

なにごともなかったかのように、中年男が街道をふたたび進み始めた。

「つけるぞ」

中年男の姿が、林の向こうへ消えたとたん、三人の伊賀者が街道へ現れた。

「しとめずともよいのか」

「仲間のもとへ案内させる。根来の忍を少しでも減らしておけば、お庭番の補充が難しくなろう」

問われた石塚が答えた。

「了解した」

納得した配下を連れて、伊賀者たちが中年男を追った。

三人は、それぞれ飛脚、浪人者、行商人に扮《ふん》して、中年男の後ろを見え隠れにつけていった。

「動いたか」

半日つけたところで、中年男が宿場町手前で山へと折れた。

「佐助《さすけ》」

「おう」

石塚に命じられた佐助が、小走りに中年男の消えた曲がり角を過ぎた。

「…………」

過ぎたところで、佐助が左手を挙げた。

「待ち伏せはないようだ」

飛脚姿の佐助は、角での待ち伏せを確認したのであった。

「行くぞ」

浪人者姿の石塚の合図で、伊賀者たちが山へと向かった。

戦いは、山の中腹へさしかかったところで始まった。

「散れっ」

殺気を感じた石塚が、身を投げ出すように前へ飛んだ。

「はうっ」

佐助の喉に印地が食いこんだ。

「くっ」

転がりながら、商人姿の八郎太《はちろうた》が棒手裏剣を撃った。

「ぎゃっ」

木の上にいた根来者が、顔を貫かれて落ちた。

「八郎太、戻れ。ここのことを……」

命じようとした石塚へ根来者が襲いかかった。

「…………」

無言で斬りつけてきた根来者へ、石塚は太刀を抜いて応戦した。刃と刃がぶつかり、火花を散らした。

「くっ」

欠けた刃先が、石塚の顔を焼いた。

「行け」

根来者と鐔迫《つばぜ》り合いをしながら、石塚がふたたび命じた。

「……………」

無言で八郎太が踵を返した。

「逃がさぬ」

八郎太の前に中年の商人が立ちふさがった。

「……しゃ」

小さな気合いとともに八郎太が、手裏剣を投げつけた。

「ふん」

中年男は、あっさりとかわした。

「……………」

右手、左手を中年男が続けざまに振った。

「ちっ」

左右から襲い来る印地に八郎太は後ろへ下がるしかなかった。後ろを守るため、背を気にした八郎太の首に刃が突き刺さった。

「馬鹿め」

木の陰から別の根来者が現れた。

「おのれ……」

石塚が唇を噛んだ。

「包みこめ」

根来者が石塚の周囲を固めた。

「あきらめて、投降せい」

「無念……」

中年男の根来者に言われて、石塚が太刀を足下に棄てた。

「賢明だ。伊賀の術、すべてをしゃべって貰うぞ。おい、縛れ」

満足そうに笑った中年男が、別の根来者へ首を振った。

「……」

茶色の忍装束に身を固めた根来者が近づいてきた。石塚は両手を挙げて、無抵抗を示した。

「後ろを向け」

根来者の言葉に合わせて、石塚は動いた。落ちていた太刀の柄を思い切り蹴った。

「ぐえええ」

跳ね上がった太刀が、近づいた根来者の腹に突き刺さった。

「なにを」

中年男が印地を投げた。石塚は身体を丸め、両手で喉と顔を覆って逃げ出した。手に印地が食いこんだが、速度を落とさず走った。

「逃がすな」

大声で中年男が叫び、あわてて残った根来者が追った。山道で伊賀者と根来者の追跡劇が始まった。

「足だ、足を狙え」

中年男が指示した。

追いながら根来者が印地を投げた。

「かっ」

いくつかが石塚の足にあたり、走りが遅くなった。

「捕まえた」

追った根来者の伸ばした腕を石塚が摑んだ。

「えいっ」

目の前の崖からそのまま石塚が飛び降りた。石塚と根来者の姿が消えた。

「なにっ」

中年男が目を見張った。

「探せ」

「はっ」

急いで山道を降りた根来者たちが見つけたのは、背骨を折って死んでいる仲間だけであった。

「逃がさぬ。跡を探して追え」

怒り心頭の顔で中年男が命じた。


「遅いの」

四日を過ごした外堂が、言った。

「手間取っておるのではないか」

僧侶の格好をした伊賀者が口にした。

「それほどの場所ではない」

「もう一日だけ待とう。それで連絡がなければ、我らだけで行く」

外堂が宣した。

そして一日経っても、石塚たちの姿はなかった。

「やむをえぬ。出るぞ。西田、先頭を」

「承知した」

武家風の二人が、最初に宿を出た。

小半刻（約三十分）ごとに、二人ずつ続く。そして最後を外堂が務めた。

「あの山を越えれば紀州か」

外堂が独りごちた。

三

神奈川宿を出た聡四郎たちは、箱根の関所にいた。

箱根の関所は、小田原藩の預かりである。関所役人たちも、もとは幕臣であったが、赴任《ふにん》の不便さもあり、小田原藩から出るようになっていた。

関所は夜明けから日没までしか開かれなかった。旅人はすべて関所で一度足を止められた。関所を通らずに抜ける関所破りは、重罪であり、十分な対策がされていた。

関所では、武士と神官、僧侶は名前と所属、目的地を言うだけでよく、道中切《どうちゆうきつ》手不要であった。

また芸人は、役人の前で芸を披露するだけで通された。もっとも入り鉄砲《でっぽう》に出《で》女《おんな》といわれるくらい、大荷物と女の通過には厳しく、背負い荷物以外は、その重さなどによって荷造りを解かれたり、男か女かわからない容姿の者は、別室で女《おんな》改《あらた》め婆《ばば》によって、裸にされた。

といっても、抜け道はあり、金を少し握らせると改めは形だけですんだ。

「御広敷用人、水城聡四郎。家士と小者を連れてお役目で京へ向かう」

関所番頭の前で、聡四郎は名乗った。

「お役目ご苦労に存ずる。お通りあれ」

鷹揚《おうよう》に関所番頭が返した。

関所番頭は、小田原藩大久保家の家臣であったが、その任にあるときは幕臣と同じ扱いを受けた。

「では」

互いに一礼して、聡四郎は関所を抜けた。

「あっさりといけるものでございますねえ」

伊之介が感心した。

「わたくしが、一人で通るときなど、一刻近くは待たされまする。そのうえ、道中切手を隅から隅まで見て、なかなか通してくれません」

「ふむ。そういうものか」

「まだ男はよろしゅうございますよ。女は大変でございまする。道中切手と少しでも違えば、通してくれません」

「道中切手には、なにが書いてあるのだ」

武家には道中切手は無用なものだ。聡四郎は興味を持った。

「まず名前、出身地、続いて年齢、身元引受人の名前とありまして、次に容姿が書かれておりまする。女子《おなご》の場合は、髪型が違うだけで通過させませぬ」

「細かいな」

聡四郎は驚いた。

「今の時代に、謀叛を企む大名もあるまい。女をそこまで気にする意味もなかろうに」

「たしかにさようでございまするが、そうすることで潤う者もおりまする」

「改め婆か」

「はい。もちろん、改め婆の得た金は、関所の役人全部で分配いたしますので、一人の儲けではございませんが」

「番頭もか」

「いえいえ。さすがに小田原藩から派遣されておられる方々は違いましょう。うかつなことをして、それが明らかになれば、藩主公に迷惑がかかりまする」

伊之介が首を振った。

「では、金は」

「改め婆と定番人《じょうばんにん》でわけるのでございますよ」

「定番人とはなんだ」

初めて聞く名称に、聡四郎は首をかしげた。

「改め婆と同じく、関所近くの村から出る下働きでございますよ。代々受け継ぐらしく、役目柄交代の多い小田原藩士の方々よりも、関所の内情にはつうじているとか」

問われた伊之介が答えた。

「筋のようなものか」

聡四郎は納得した。筋とは幕臣で言う番方、役方のことだ。番方筋は、代々大番組や書院番組などに就く家柄をいい、武をもって幕府に仕える。役方とは、勘定方のように文の役目を受け継ぐ家柄のことである。

「ご覧のとおり、箱根の山のなかは、とても田畑がまともにできるところではございませぬ」

「少しはあるようだがな」

山間《やまあい》や谷に小さな田が散見《さんけん》されていた。

「あのていどでは、とても一村喰いかねまする。そこで定番人や改め婆として出て、金を稼がなければなりませぬ」

「悪癖だが、やむをえぬことだというわけか」

「……はい」

伊之介がうなずいた。

箱根の関所をこえるのは一日仕事である。小田原から登り四里八丁（約十七キロメートル）下り三島《みしま》まで三里十八丁（約十五キロメートル）、合わせておよそ八里と短いが、その道程はかなり厳しい。女の足では一日でこなせず、箱根で一泊することもあるほどなのだ。聡四郎たちは健脚《けんきやく》揃いなので、昼前に関所をこえられたが、三島側から登ってくる旅人の姿は、ほとんど目立たなくなっていた。

「少し休んで昼餉にしましょう。ここを逃すと、三島までまともな茶店もございません」

山中で伊之介が休息を提案した。

「そうだな。いささか腹も空《す》いた」

大きめのにぎりめしを三つと、菜の漬けものだけの簡素なものだが、前泊した小田原の城下を出るとき、宿に弁当を作らせてあった。

「休ませてもらうよ」

伊之介が茶店のなかへ声をかけた。

「お出でなさいませ」

「茶の他になにがある、弁当をつかうので、甘いものは勘弁だが」

顔を出した茶店の主へ、伊之介が訊いた。

「きのこ汁でよろしければ」

「そいつはいい。三つもらおうか」

「ありがとうございまする」

すぐに茶店の主が、木の椀に茸《きのこ》の味噌汁を入れて来た。

「いただきましょう」

「ああ」

背中にしょっていた弁当をおろし、三人は昼餉を始めた。

「登ってくる人が少ないな」

「そろそろお昼でございますから、これ以上遅いと、三島へ着く前に日が暮れてしまいまする。もう、三島を発つ旅人はおりませぬ」

汁を啜《すす》りながら伊之介が答えた。

「箱根から下る旅人がほとんどになるのか」

「へい。それももう少しすると、減りまする。街道筋での夜旅でも危ないですのに、慣れない峠道で夜を迎えるなど、命を捨てるようなものでございまする」

「足下が危なすぎるか」

一つ目のにぎりめしを片付けた玄馬が言った。

「毎年何十人もの旅人が、崖から落ちて死んでおりまする」

暇そうにしていた茶店の主が話に加わった。

「そんなにか。道中《どうちゅう》奉行どのはなにも手を打たれぬのか」

聡四郎は驚いた。

「お忙しいので」

茶店の主が、首を振った。

諸国の街道は、道中奉行の管轄になる。といっても道中奉行が独立していたのは、かなり前であり、今は勘定奉行が兼帯していた。

勘定奉行の忙しさは、幕府でも群を抜いている。

「まあ、旅は己の責でございますから」

新しい茶を注《つ》ぎつつ、茶店の主が述べた。

「代金だよ」

少し多めの心付けを置いて、一行は三島へと向かった。

「確かに旅人は減ったな」

山道は曲がりくねり、他の旅人の姿を隠していた。

「急ぎましょう。日が暮れ前には三島に着けましょうが」

伊之介が二人を急かした。


「いたぞ」

三人の後ろ三丁ほどのところを四人の侍が歩いていた。六郷での失敗を受けて、新たに編成された伊賀者たちであった。

「六郷の仇討《あだう》ちだ。逃がすな」

「どいつからいく。六郷の渡しで見ていたのだろう、市田《いちだ》」

先頭を急ぐ侍が問うた。

「あの若い従者からだ。かなり遣う」

市田と呼ばれた侍が答えた。

「御広敷用人も剣術はできると聞いたが」

別の侍が確認した。

「一撃はすさまじい。だが、動きが緩慢《かんまん》だ」

市田が述べた。

一放流は、鎧武者を一撃で屠《ほふ》るだけの威力を誇る。代わりに、ためが大きく、初見の者からすると鈍重《どんじゅう》に見えた。

「あの小者はどうする」

「戦いから遠ざけられていた。足手まといということだろう」

六郷の渡しで、市田は玄馬を襲った男と同じ船に乗っており、一部始終を見ていた。

「ならば、岬《みさき》、矢吹《やぶき》、二人で従者を倒せ。市田、儂と二人で、水城を抑える」

「わかった」

三人がうなずいた。

「次にあの三人が見えなくなったときに、間合いを詰める。よし」

「おう」

四人の侍が風のように駆けた。

「小者を手裏剣で仕留めよう」

四人のまとめをしていた侍が案を変えた。

「寸前で策を変えるのはよくなかろう、鬼頭《きとう》」

岬が忠告した。

「もう、御広敷に出せるだけの伊賀者の予備はない。今回は失敗は許されぬのだ。妙手《みようしゆ》と思えばやるべきぞ」

「二人の動揺を誘う。下人とはいえ連れが死ねば、心も揺れよう」

「なるほど。それもよいな」

市田が懐から棒手裏剣を三本取り出した。

「一撃で仕留めろよ」

「任せろ」

念を押す鬼頭に、胸を張って市田が続けざまに手裏剣を投げた。

「玄馬」

「はいっ」

すばやく脇差を抜いて、玄馬が手裏剣をたたき落とした。

「なにっ」

市田が絶句した。

「伊之介、三島へ報せに走れ」

「へい」

命じられて伊之介が離れた。


「気づかれていないと思ったのか」

聡四郎があきれた。

「山道は曲がりくねっているだけに、後ろを見るのに困らぬときがある。先ほどまでずっと離れていたのが、いきなり近づいてくれば警戒して当然だろう」

「ちいい」

大きく鬼頭が歯がみした。

「実戦の経験がないと見えるな、伊賀者」

「黙れ。おい」

「わかった」

「承知」

鬼頭の合図に、岬と矢吹が動いた。太刀を手に玄馬へと向かった。

「はっ」

玄馬が走った。

「なんだと」

近づく玄馬に、二人があわてた。足を止めて迎撃の体勢に入ろうとした。

「…………」

小柄な玄馬が、大きく腰を屈めて岬の太刀の下へ潜りこんだ。

「こいつ」

急いで太刀を振り下ろそうとしたが、すでに玄馬は脇差を振るっていた。

「えっ。ぎゃっ」

太刀に手応えが来る前に岬が絶叫した。

下段から斬りあがった玄馬によって、岬の下腹が割《さ》かれていた。

「よくも」

矢吹が、太刀を振りかぶった。

「えいやっ」

すばやく岬の左へ移った玄馬が、呆然と立っている岬を矢吹目がけて蹴った。

「うおっ」

同僚の身体に太刀を喰いこませそうになった矢吹が、無理から手を止めた。しかし、体勢を大きく崩すことになった。

「はああっ」

そんな隙を玄馬が見逃すはずもなかった。

玄馬が間合いをこえた。

「おのれがあ」

無理な体勢から矢吹が、太刀を薙いだ。

「…………」

理にかなっていない一撃など、見切るほどでもなく、玄馬はいなした。

「させるか」

市田が、援護の手裏剣を撃った。

「……つっ」

玄馬が後ろへ跳んで手裏剣をかわした。

「助かった」

その間に矢吹が、立ち直った。

「囲め」

鬼頭が命じた。

市田と矢吹が、街道沿いの林のなかを通って、二人の背後に回った。

「殿」

すっと玄馬が聡四郎の背中を守る位置についた。

「背中を預けたぞ」

「お任せを」

何度もともに死地をくぐり抜けてきた聡四郎と玄馬である。息は十二分に合っていた。

「しゃっ」

三人が手裏剣を投げてきた。

「ふん」

「やあ、えいっ」

聡四郎が一つ、玄馬が二つを払った。火花を散らし、金気《かなけ》の臭いを残して、手裏剣が地面へ落ちた。

「くらえっ」

ふたたび手裏剣が投げられたが、やはり聡四郎と玄馬に届くことはなかった。

「いいのか。そんなにのんびりとしていて。人が来れば騒動になるぞ」

聡四郎は煽《あお》った。

「黙れ」

苦虫をかみつぶしたような顔を鬼頭がした。

「あっ」

「なんのために小者を先に行かせたと思う」

思わず伊賀者の注意が三島のほうへそれた。

「愚かな」

玄馬が大きく踏み出して、後ろを振り向いた市田の後ろ首をはねた。

「……あくっ」

後頭部を斬られた市田が、即死した。

「なにを」

矢吹が目を剝いた。

「真剣勝負の最中に相手から目を離す。戦いの心得さえできていない。お庭番に探索方をもっていかれて当然だ」

鼻先で、聡四郎が嘲笑《あざわら》った。

「……くうう」

まさにその通りであった。鬼頭も言い返せなかった。

「一対一になったな」

聡四郎は、太刀を肩に担いで、腰を落とした。

「…………」

無言で鬼頭が太刀を右脇へ引いた。

「逃げるつもりか」

「……うっ」

鬼頭の目がゆらいだ。

「仲間を見捨てて帰る。なかなかにきついものであろう」

「惑わされるな。鬼頭、逃げよ。江戸へ戻りお頭《かしら》へ、こやつらのことを」

矢吹が聡四郎の言葉を遮った。

「すまぬ」

すばやく鬼頭が身を翻《ひるがえ》した。

「やるな」

思いきりのよさに聡四郎は感心した。

「よろしいので」

矢吹から目を離さず、玄馬が訊いた。

「伊賀者に、殿のことを知られまするが」

「いたしかたあるまい。いや、もう十分に知られているだろう」

聡四郎が嘆息した。

「しゃっ」

二人が言葉を交わしたのを隙と見て、矢吹が玄馬へ斬りかかった。

「ふん」

玄馬があっさりとはじき返した。

「ちっ」

大きく矢吹が後ろへ跳んだ。

「…………」

糸でつながっているかのように、玄馬が追った。

「くそっ」

矢吹があわてて太刀を薙《な》いだ。

後ろに逃げながらの一撃は、腰が引けている。

「えいっ」

前へ出ている玄馬の脇差が、矢吹の太刀を止めた。

「逃がすか」

玄馬が脇差を突き出した。

「……くう」

切っ先が矢吹の腹に刺さった。しかし、致命傷になるほどではなかった。

「やったなあ」

矢吹の顔色が赤くなった。

「命をかけて戦っている最中に、やったもやらないもないはずだぞ」

冷たい顔で玄馬が返した。

「死ねっ」

太刀を角のように、前へ突き出しながら、矢吹が飛びこんできた。

「はっ」

鋭い気合いを発して、玄馬が膝を折った。太刀の刃を潜り、矢吹へ身体をぶつけた。

「がはっ」

鳩尾を貫かれて、矢吹が苦鳴を漏らした。

「い、伊賀の恨み……かならず、きさまらを……」

矢吹が絶命した。

「恨みを受けるのが、真剣勝負というものだろうに」

玄馬がつぶやいた。

四

一人、中奥の庭を散策していた吉宗の目に、膝をついているお庭番が見えた。

「水城か」

用件を吉宗は見抜いていた。

「ご明察にございまする。江戸を離れた水城……」

馬場が語った。

「六郷と箱根で襲われたか」

聞き終わった吉宗がつぶやいた。

「あいかわらず、よくやってくれる」

満足そうに吉宗が笑った。

「どのていど削れた」

吉宗が馬場に問うた。

「六名を倒してくれましたので、これ以上は当主を出すしかなくなりましょう」

馬場が答えた。

「出すか」

「……出しますまい」

再度の問いに馬場が首を振った。

「手が足りなくなったことで、なにかあれば、上様はお許しになりますまい」

「当然だな」

念を押す馬場に吉宗が同意した。

「いつまでも先祖の功へすがっている伊賀者に、江戸城の守りをさせるわけにはいかぬ。かといって、すぐに伊賀を潰しにかかれば、躬の命がない」

「そのようなこと……」

馬場が否定しようとした。

「おまえたちがいるのは、表だ。大奥まで入ることはできまい」

冷たく吉宗が言った。

「女を大奥へ入れさせていただきまする」

「それでどうするのだ。躬の側に張り付けておくつもりか。躬が大奥で別の女を抱くときは離れるしかあるまい。そのとき襲われれば、終わりぞ」

吉宗が否定した。

「…………」

主君の言葉に、馬場が黙った。

「伊賀を潰すのは、まずい。ならば、役目を変えさせればいい」

「役目を……」

「甲賀のように門番にしてしまえばいい。もっとも大奥から引き離そうとすれば、相当な抵抗をしてくるだろう。大奥にはなにかと余得があるからな」

「はい」

馬場が同意した。

「ならば引き離そうとする躬に逆らえぬよう、力を削げばいい。六十名の伊賀者を二十名に減らせば、お庭番で制圧できよう」

「四十名でも十分でございまする」

大きく馬場が胸を張った。

「ふふふ。頼もしい限りよな。四郎右衛門、これを水城に届けてやれ」

吉宗が書付を投げた。

「はっ」

馬場が受け取った。

「水城とは別でございまするが、紀州家上屋敷から、付け家老水野大炊頭どののお屋敷へ、金蔵の金が移されたよし」

別件の報告を馬場がした。

「大炊頭か。分をわきまえぬ」

頬を吉宗がゆがめた。

「菰《こも》で隠した千両箱をのせた大八車《だいはちぐるま》を連ねて運んだよし」

「あいかわらず、底の浅い奴め。もう少し聡《さと》ければ、譜代として側役くらいは任せてやれたものを。譜代大名へ復帰できると思っておったのだろうが、あれでは、使いものにならぬわ」

吉宗があきれた。

紀州藩主であった吉宗を将軍にすべく、水野大炊頭が動いた。家康の母の実家という出自は、陪臣となっても大きい。吉宗が松平清武を押し切る一助になったのは確かであった。

「躬が幕府を完全に掌握できれば、家格くらい引きあげてやるつもりであったが」

大きく吉宗が嘆息した。

「血筋だけに重きを置いてはいかぬな。大名の子は馬鹿でも大名、そしてそこから執政を出すなど、政に百害しかない」

「…………」

馬場は応えなかった。

「その金をどうした」

「奥右筆組頭へいくらか渡したようでございまする」

問われた馬場が答えた。

お庭番には江戸の城下を回り、いろいろなことを調べ報告する江戸地方回りという役目があった。

「……奥右筆か。なにか書付を出すつもりだの」

「見張らせておりまする」

「奥右筆部屋をか」

「はい」

馬場が確認する吉宗へうなずいた。

「動きがあれば報せよ」

「はっ」

「面倒な。勝手に動く輩が多すぎる。幕府は誰のものか、もう一度教えなければならぬの」

吉宗が厳しい目つきをした。

「どれ、久しぶりに大奥へ行くか、少し、脅しておかねばなるまい。女どももな」

笑いながら吉宗が立った。

京へ入った聡四郎は、四条《しじょう》に宿を取った。

「高いな」

一日の宿賃を伊之介から聞いた聡四郎は、目を剝いた。

「京は、なにもないところでございますので。京に来た人から金を取るしかございませぬ」

「そういうものか」

聡四郎は納得できていなかった。

「お客さま」

夕餉を摂っているところへ、宿の奉公人が顔を出した。

「なんだ」

「お手紙でございまする」

「手紙……」

この宿に泊まるとは誰にも報せていない。聡四郎は首をかしげた。

「こちらで」

奉公人が手紙を渡した。

「持ってきた者は」

「すぐにお帰りに」

聡四郎の問いに奉公人が言った。

「ご苦労だったね。もういいよ」

伊之介が奉公人に駄賃を握らせて追い出した。

「どなたからのものでございますか」

大宮玄馬が問うた。

「待て……父より……うっ」

手紙を裏返した聡四郎が、絶句した。

「上様」

すぐに聡四郎は思いあたった。

「なんと」

「ひっ」

玄馬と伊之介が息をのんだ。

「…………」

ていねいに封を解いて、聡四郎は手紙を読んだ。

「これは会津保科歴代公の諡……」

聡四郎が頼んだことへの回答であった。

「初代保科正之公が土津《はにつ》霊神……神道《しんとう》か。墓所《ぼしょ》は会津の土津神社。二代目正経公が宜山休公鳳翔院、二代目は仏葬だな。不思議はないが……まだ続きがある。幸松、正之公の長男、五歳で夭折された方が、清見院日浄台霊、やはり正之公の次男の正頼公が、岩彦霊社、四男、正純公が石彦霊社。そして久千代さまが真照院玉峯宗雪……神道と仏道が混じっている。珍しい」

読み終えた聡四郎が腕を組んだ。

「伊丹どのが言われた諡を調べよ。その答えがここにあるはず……」

「…………」

目を閉じた聡四郎に、玄馬と伊之介が沈黙した。

「もしや」

聡四郎がふたたび手紙を手にした。

「久千代さまの死が尋常でなかったとしたら……」

聡四郎がうめいた。

続く

あとがき

ご無沙汰しております。上田秀人です。

『目付 鷹垣隼人正 裏録（二）錯綜の系譜』以来、二年ぶりになります。

一つの作品を終えますと、ちょっとした放心状態になります。その物語のために作りあげてきた世界観、登場人物などと縁が切れてしまうからです。終わった物語は、わたくしの脳裏の奥にしまい込まれ、時々思い出すていどとなっていくのですが、ここにしつこく焼き付いて、消え去らない物語がありました。

「勘定吟味役異聞」です。主人公水城聡四郎の成長譚《せいちようたん》として書いていた作品は、同時にわたくしの作家としての成長物語でもありました。もちろん、まだまだ未熟で、とても成長したとは言えないわたくしではございますが、ようやくデビュー十五年、書下ろし文庫五十冊をこえました。

一つの区切りといっていい状況になりましたのを契機に、もう一度わたくしの成長を見ていただこうと考えました。そのとき、どうしても聡四郎の後日談を書きたいと思ったのです。

本当にありがたいことですが、シリーズを終えてからも、たくさんの読者の方々より、「勘定吟味役異聞」の続きをと望んでいただいていたというのも、背中を押してくれました。

おかげさまで、書きたいと言ったわたくしに、光文社さんが快諾をくださり、この「御広敷用人　大奥記録」は始まりました。

ひとえに皆さまがたのご声援のたまものと感謝しております。

物語は、『勘定吟味役異聞（八）流転の果て』から、およそ半年ほどのちをスタートとしております。そして舞台は大奥といたしました。

いつの世も、金と女が世間を彩ります。

前作「勘定吟味役異聞」は幕府の金を背景にしました。そこで、今回は、幕府もう一つの難物大奥を題材にいたしました。

数年前、大河ドラマで大奥が取りあげられていました。その影響でしょうか、大奥を書いた本も多いです。

しかし、その大奥の実像は、いまだあやふやなままです。

大奥は将軍がただの男に戻る場所です。そして男は、己の愛した女の前で、はじめてすべての仮面を脱ぎ、その素顔を晒《さら》します。当然、世間に知られてはよくない部分もあったでしょう。そのためか、大奥にあがる女中は終生奉公が基本であり、また、見聞きしたことはいっさい口にしないとの誓書をしたためさせられました。

その誓書は、明治維新で意味をなさなくなりました。将軍家がなくなったからです。それでも、大奥に勤めていた女中たちは、誓書を守り続け、口を閉ざして生きていました。

そんななか、明治二十四年、朝野新聞で千代田城大奥という連載が始まりました。名前は明らかにされていませんが、長年上臈を務めた老女が、昔語りに大奥の内情を語ったのです。今ある大奥の情報は、そのほとんどを、これに頼っています。

残念ながら、この話は、正確さにおいていちじるしく欠けています。その一つの証拠として、朝野新聞での掲載が終わったものを一冊の本にしたものが、あげられます。明治二十五年に発刊され、朝野新聞で大奥のことを担当した記者がその前書きを書いているのですが、そこに「小生は水戸藩士の末で、吾が母が長年大奥に勤めていた関係もあり、幼少より大奥の話を聞かされてきた」とあります。

ここでいくつかの疑問がわきます。

この記者の母親と、大奥上臈と言われた女性は同一人物なのか。

別人ならば、この記事を書くにいたって、記者は上臈から聞いた話をそのまま使ったのか、自分が母から聞かされた話をそこに混ぜ込んでいないか。

主にこの二つでいいかと思います。この疑問が払拭《ふっしょく》されない限り……もうされることはありませんが……千代田城大奥の資料としての信頼性は万全ではありません。もっとも、今までこれしかなかったのも確かです。

そこで、昨今、歴史学者の先生方が、新たなるアプローチで、大奥の実情に迫っておられます。奥右筆部屋に残された書付を参考に、大奥での女中の数、名前、その権限などに迫ったもの、勘定方の記録から、大奥女中たちに支払われた給料、大奥での生活経費などを明らかにしたもの、江戸城の改築設計図を比べて、将軍ごとに変化した大奥の大きさを詳《つまび》らかにしたもの。

いくつかを持っておりますが、その執筆にかけられた労力のすさまじさに、驚愕します。

今回のシリーズでも、大いに参考とさせていただきました。あらためてお名前を列挙いたしませんが、ここに深甚の感謝を表します。

それでもまだ、足りません。

幸い、わたくしが書くのは小説です。足りない部分は、作家が埋めても問題ありません。当然まちがっているところもあるはずです。ご指摘を賜れば、幸いですし、増刷などの機会をつうじて訂正していきたいと思っております。

さて、物語のことに入らせていただきます。

勘定吟味役を辞し、無役となった聡四郎に、あらたな役目が命じられます。御広敷用人です。御広敷用人は、お庭番、お側御用取次と同様に、吉宗によって新設された役目です。御広敷は中奥と大奥の間にある役所です。大奥の女たちを管理し、将軍の食事を賄う台所を支配します。いわば、将軍の色、食の二大欲求を扱うのです。当然、将軍にとって信用のできる者でなければなりません。

七代将軍家継が幼く、中奥ではなく、大奥で起居していたこともあり、その力は表にまで及んでいました。吉宗が幕府の改革を断行するにおいて、最大の抵抗者となりえる状況でありました。そこで、吉宗は従来の御広敷番頭よりも権限の強い御広敷用人を設け、大奥を管理しようとしました。その駒として聡四郎は選ばれたのです。聡四郎は、吉宗と大奥の戦いの矢面《やおもて》に立たされたことになります。既得の権限を守ろうとする大奥、奪おうとする吉宗。しかも、その戦場は男子禁制の場なのです。聡四郎の戦いは、最初から困難となります。

江戸城の中での争い。これは、今の政治によく似ている気がします。

この本が出るころには、決着はついているのかも知れませんが、消費税増税が争点になっています。

なぜ、増税しなければいけないのでしょう。

昨年の大災害で、一時電力不足が言われました。首都付近では計画停電となったところもありました。しかし、その後は国民一人一人ががんばって節電に努めたおかげで、なんとか供給の範囲内で終わっています。

同じことがなぜ政府ではできないのでしょう。

お金がないならば、節約するのが普通です。政府は、増税の前に節約を尽くしたのでしょうか。とてもそうは思えません。公約だった国会議員の定数削減はまったくできていませんし、公共事業もそのままです。もちろん、公共事業が、地元の活性に繋がることは理解しています。それでもお金がなければ考え直すなり、余裕ができるまで待つなりするべきではないでしょうか。

また、消費税は、国民均等に負担してもらうものだから、平等であるとの意見もあるやにききます。果たしてそうなんでしょうか。年収一億とかいう方々が、毎日松阪牛を食べ、シャンパンを飲み、キャビアを摘んでいるとは思えません。生活必需品の消費にそんな差はないでしょう。となれば、消費税は弱者を直撃するだけのような気がします。

政治の素人が言うべきことではありませんが、増税しないとやっていけないというならば、その過程に到るまでの道筋をしっかり見せていただきたいと思います。

本筋に戻ります。

八代将軍吉宗は、幕府中興の祖と讃えられた名君と伝えられています。たしかに、底をついた幕府の金蔵を回復し、老中たちに奪われていた政の権を取り返しました。

しかし、利は損に繋がります。吉宗のおこなった改革が、幕府の根本にひびを入れたのもたしかなのです。そのひびについては、物語を進めていくうえで、明らかにしたいと思います。

わたくしの節目の一つとして、聡四郎の物語は開けました。少しでもお楽しみいただければ、幸いです。

平成二十四年三月

東北へ旅立つ前日　書斎にて

上田　秀人

解説

縄《なわ》田《た》一《かず》男《お》
（文藝評論家）

上田秀人さんの作品を読んでいると、必ずや溜飲が下がって、胸につかえていたものがせいせいする場面がある。

たとえば本書『御広敷用人 大奥記録（一） 女の陥穽』で、吉宗が紀州より連れてきたお庭番のため、これまでの功績が有名無実化してしまった伊賀者が、大奥と手を結ぼうとする場面でのやりとりを読んでいただきたい。

将軍を裏切る代償として月百両を要求する伊賀者に対し、金を出ししぶる姉小路に向けて放たれる、

「まず、ご自身から身をお削りになりませぬと、他人はついてきませせぬ」

の一言はどうであろうか。

時代小説は、過去に題材を取りつつも必ず現代と合わせ鏡になっているものである。

特にこのくだりなどは、東日本大震災の救援のため、日本中、いや、世界中から集まった義援金の七割が手つかずになっており、加えて、己れの既得権は保持しておきながら――つまりは自分の身は一切削ることなく――ひたすら増税を主張し、これを無理やり押し通してしまった政府や、値上げを当然の如く主張する東京電力に対する痛烈な批判となっていよう。

上田さんの作品に、本格的な長篇デビュー作『竜門の衛』以来、貫かれているのは、徹底した反骨、反権力であり、作家がものをいわなくなった昨今、これは嬉しい限りといわねばなるまい。

その上田さんの勢いが止まらない。

これまで書き継いできた〈お髷番承り候〉（徳間文庫）や〈奥右筆秘帳〉（講談社文庫）〈妾屋昼兵衛女帳面〉（幻冬舎時代小説文庫）といったシリーズを連打する一方で、〈闕所物奉行　裏帳合〉（中公文庫）全六巻を完結させ、前述の『竜門の衛』以前の謎に包まれていた初期作品集『軍師の挑戦――上田秀人初期作品集』（講談社文庫）が遂に陽の目を見ることになったのである。ファンにはたまるまい。

そして、惜しまれつつ完結をした〈勘定吟味役異聞〉（光文社文庫）が、装いも新たに再スタートしたのが、本書〈御広敷用人　大奥記録〉シリーズの第一弾『女の陥穽』なのである。主役はもちろん、水城聡四郎。

「平穏の日々はやはり終わったか」

と彼は嘆息しているが、読者にとってはまたぞろ彼の新しい活躍が読めるのは嬉しい限り。何しろ、〈勘定吟味役異聞〉において聡四郎は、絵島生島事件を暴き、元禄小判改鋳のからくりを暴露して、勘定奉行・荻原近江守重秀を権力の座から引きずり降ろした。その後も、将軍家継の跡目をめぐる争いの渦中で、後の八代将軍吉宗が、聡四郎と恋仲だった人入れ屋相模屋伝兵衛の娘を養女にして、水城の家へ嫁がせるという慶事もあった。

その聡四郎の〈勘定吟味役〉としての最後の仕事が、江戸城の伏魔殿ともいうべき大奥への手入れ——前述の絵島生島事件への介入であった。

さらに、聡四郎は、勘定吟味役を辞した後、吉宗直々の声がかりで寄合席へ。ここで作中に「もっとも家格の高い寄合旗本などといったところで、そのじつは、無《む》役《やく》、小普請《こぶしん》旗本と大差なかった」と記されていることに御注目あれ。つまりは閑職。ではそこに何か秘密の任務を行わせることが可能なのではないのか。

——TVの大ヒット時代劇「大江戸捜査網」で、中村竹弥扮する隠密支配が、旗本寄合席であったことをご記憶の方も多いのではあるまいか。

こうして金の動きを追うことによってさまざまな修羅場をくぐり抜けてきた聡四郎は、本シリーズから、将軍直々の御広敷用人となり、吉宗と二人三脚で、アブない仕事を進めることになる――。

徳川吉宗の改革は、武断主義によるもので、その一方で徹頭徹尾、疲弊した幕府経済の立て直しにあった。江戸の庶民がこの新将軍に期待した証しとして、〝天下一〟=八画ということばが流行したとの記録がある。そして、財政の正常化を行うに当たって、まず手をつけたのが、大奥である。見目麗しい女は嫁ぎ先に困らないから放逐したというのは史実であり、ここから物語は、〈勘定吟味役異聞〉のラストを受けるかたちで、大奥内で反目し合っていた月光院と天英院の腹心、松島と姉小路が手を結ぶことになってしまう。

そればかりではない。彼女らは前述の如く伊賀者を取り込み、吉宗の弱味を握るべく、彼らを紀州へと放つ――。これを追って、聡四郎らも旅立ち、舞台は、剣難の道中記へと転じてゆく。しかし、手だれで知られる上田さんのこと、通常の作家であるならば、もったいなくて小出しにしようとするであろうというサブストーリーをこれでもか、これでもか、と繰り出していく。

それはたとえば、元西条藩主であり、現在は紀州藩主である宗直を傀儡として、幕閣の権力を握ろうとする水野大炊守の陰謀であったり、あるいは、会津藩歴代公の諡を調べることによって生じる徳川家の秘事であったりする。また、聡四郎自身、上様は腹の読めぬお方であるという、八代吉宗の〝人倫にもとる〟恋とは何か――。が、いつもいつも、それにしても、と思うのが、ラストのしめ方である。上田さん、よくこうも、次が読みたい、というところで見事に一巻目を終わりにしましたね。他のシリーズもありますし、私たち読者は、あとどのくらい待てば二巻目を読めるのですか？　もっとも、一般読者より、ゲラで少しでもはやく読める私は幸せ者というべきなのかもしれません。

水城聡四郎との一日もはやい再会を願って、ここに解説の筆をおかせてもらうことにしましょう。

図版・表作成参考資料
『江戸城をよむ——大奥　中奥　表向』（原書房）

光文社文庫

文庫書下ろし／長編時代小説

女《おんな》の陥《かん》穽《せい》　御《お》広《ひろ》敷《しき》用《よう》人《にん》　大《おお》奥《おく》記《き》録《ろく》㈠

著　者　上《うえ》　田《だ》　秀《ひで》　人《と》

2012年5月20日　初版1刷発行

発行者　駒　井　稔
印　刷　萩　原　印　刷
製　本　ナショナル製本

発行所　株式会社　光　文　社
〒112-8011　東京都文京区音羽1-16-6
電話（03）5395-8149　編　集　部
8113　書籍販売部
8125　業　務　部

ISBN978-4-334-76405-0　Printed in Japan

組版　萩原印刷

お願い　光文社文庫をお読みになって、いかがでございましたか。「読後の感想」を編集部あてに、ぜひお送りください。

このほか光文社文庫では、どんな本をお読みになりましたか。これから、どういう本をご希望ですか。

どの本も、誤植がないようつとめていますが、もしお気づきの点がございましたら、お教えください。ご職業、ご年齢などもお書きそえいただければ幸いです。当社の規定により本来の目的以外に使用せず、大切に扱わせていただきます。

光文社文庫編集部

光文社文庫　好評既刊

縁むすび　稲葉　稔
故郷がえり　稲葉　稔
剣客船頭　稲葉　稔
天神橋心中　稲葉　稔
難儀でござる　岩井三四二
たいがいにせえ　岩井三四二
はて、面妖　岩井三四二
甘露梅　宇江佐真理
ひょうたん　宇江佐真理
彼岸花　宇江佐真理
幻影の天守閣　上田秀人
破斬　上田秀人
熾火　上田秀人
秋霜の撃　上田秀人
相剋の渦　上田秀人
地の業火　上田秀人
暁光の断　上田秀人

遺恨の譜　上田秀人
流転の果て　上田秀人
神君の遺品　上田秀人
錯綜の系譜　上田秀人
追っかけ屋愛蔵　海老沢泰久
秀頼、西へ　岡田秀文
源助悪漢十手　岡田秀文
風の轍　岡田秀文
半七捕物帳 新装版（全六巻）　岡本綺堂
影を踏まれた女（新装版）　岡本綺堂
白髪鬼（新装版）　岡本綺堂
鷲（新装版）　岡本綺堂
中国怪奇小説集（新装版）　岡本綺堂
鎧櫃の血（新装版）　岡本綺堂
江戸情話集（新装版）　岡本綺堂
勝負鷹強奪二千両　片倉出雲
勝負鷹金座破り　片倉出雲